LA INTRUSA

La intrusa

Título original: *A intrusa*

Autora: Júlia Lopes de Almeida (1862-1934)

© de la traducción: Noemí Jiménez Furquet.
Traducción a partir de la edición brasileña de la Fundação Biblioteca Nacional.

© de esta edición: Libros de Seda, S.L.
Estación de Chamartín s/n, 1ª planta
28036 Madrid
www.librosdeseda.com
www.facebook.com/librosdesedaeditorial
@librosdeseda
info@librosdeseda.com

Diseño de cubierta: Gemma Martínez Viura
Maquetación: Pedro Martínez Osés
Imágenes de la cubierta: © Magdalena Russocka/ Trevillion Images
(mujer con chal en la mano y maleta); ©hbpro/Shutterstock (Pelouri-
hno, Salvador de Bahía, Brasil; de fondo)

Primera edición: noviembre de 2022

ISBN: 978-84-17626-89-1
Depósito legal: M-26776-2022

LA INTRUSA

Júlia Lopes de Almeida

CAPÍTULO 1

¡Qué temporal!

—¡Y menudo fresco! ¿Sabéis de algo más agradable que oír el ruido de la lluvia cuando se está abrigado? Yo lo estoy disfrutando…

—¡Qué egoísta estás hecho! Como estás en tu casa…, pero… desalmado, ¡acuérdate de nosotros! Va siendo hora de que me recoja en casa. Y el padre Assunção, como no se quede por el camino, también tendrá que recorrer un buen trecho a pie. ¡A Teles el tranvía lo lleva hasta el dormitorio! Nació con suerte.

Aquella fea noche de lluvia conversaban en casa del abogado Argemiro Claudio, sita en Cosme Velho, su gran amigo el padre Assunção, el diputado Armindo Teles y Adolfo Caldas, hombre de cuarenta años, sin profesión determinada, pero muy bien recibido en los círculos políticos y literarios, que frecuentaba con asiduidad.

Habían cenado tarde y en ese momento fumaban en la biblioteca de Argemiro, sentados a la mesa de póquer.

Menos por virtud que por cansancio, el padre Assunção no había querido participar en el juego y andaba por la sala sacudiendo el paño de la sotana con cada impulso de sus largos pasos. Era alto, delgado, anguloso, de tez pálida, y en sus facciones acentuadas, en las que mejor casaría el sarcasmo, había tal expresión de candidez que Adolfo Caldas solía decir:

—La risa de Assunção huele a rosas blancas.

El doctor Argemiro, abogado, según rezaban los diarios de Río —de los más eminentes por estos pagos—, jugaba por jugar, sin mayor interés, solo como excusa para atraer a los amigos a su casa de viudo y darle a su alma una palpitación que le iba haciendo falta…

«¡Ay! Una casa sin mujer —afirmaba él— es una tumba con ventanas: toda la vida está fuera…». ¡Y pensar que aquello había de ser para siempre!

El doctor Argemiro Claudio de Menezes, descendiente directo de los Iglesias de Menezes, nobles de Portugal, cuyo palacete blasonado aún existe aunque arruinado en aquel país, en tierras limítrofes con España, junto a un río refulgente y pinares perdidos, era un hombre todavía joven, robusto, de carnes sólidas y ojos negros, en los que acaso todavía se transluciese la raza árabe, endulzada por el cruce con la lusitana. La barba negra, cortada al ras de su pálido rostro, tenía ya algún que otro hilo plateado, y el cabello cortísimo le dibujaba la cabeza redonda y fuerte. Tenía las manos pequeñas, de actitud perezosa, en contradicción con la energía de su tipo. Viudo desde hacía siete años de una hermosa señora cuyo retrato aparecía en cada rincón de la casa, había expresado que no volvería a casarse.

La mujer, hija de los barones de Cerro Alegre, se había llevado la mejor parte de su vida.

Del primer año de matrimonio, que había durado cinco, existía una hija, María da Gloria. La niña vivía con los abuelos maternos en una finca de las afueras y a los once años andaba ahora con los rudimentos de portugués y de música. Igual que el padre y los abuelos, se interesaba por ella el padrino, el padre Assunção.

Sin interrumpir la partida, el diputado Armindo Teles se jactó:

—Hoy ha sido uno de los mejores días de mi vida; no necesito nada más para considerarme recompensado por los sacrificios que me ha costado la diputación..., ríos de dinero, noches de insomnio, peleas con los otros partidos..., de todo he recibido hoy el premio. Imaginad que tuve que luchar a brazo partido con el propio gobierno, importunar a colegas, incluso enfrentarme a principios que valoro de gratitud personal y de conveniencia propia, y que, soportándolo todo como un soldado en la guerra, conseguí la victoria. ¡Imaginad si no estaré satisfecho! Una victoria política, ya lo dijo Chartrier, embriaga más que el más viejo licor.

—¿Chartrier...? —preguntó con curiosidad el padre Assunção.

Armindo Teles pareció no oírlo y prosiguió:

—Por desgracia, ahora en la Cámara tenemos pocos talentos combativos. Carecemos de mayor vivacidad... La indiferencia de unos y la mala voluntad de tantos debilitan los golpes de uno u otro más entusiasta... Yo crucé mis armas, en esta porfía, con los mayores talentos de la Cámara y a todos los herí sin piedad. Me granjeé enemigos, pero poco importa, ¡triunfé!

Adolfo Caldas, alzando la mirada de los naipes desplegados en abanico en su mano rolliza, inquirió sonriendo:

—¿Con qué hecho ilustre has dado gloria a la patria?

—¡Con el reconocimiento de Simão da Cunha, mi colega Simão da Cunha, contra el que la Cámara en pleno guerreaba!

Bajo el bigote de Argemiro pasó la sombra de una sonrisa. Adolfo Caldas impregnó de cándida ingenuidad sus maliciosos ojos castaños y tan solo dijo, como si desease saber:

—¿Cunha…? —Y a continuación—: ¡Ah! ¡Simão! Sí… es elegante. Viste bien.

—No es un águila —afirmó Teles— pero es de lo que se llama una mediocridad laboriosa… y es, sobre todo, ¡un hombre de bien!

—Eso en política no tiene valor —comentó el dueño de la casa—. Pero ¡¿qué haces ahí, padre Assunção, rebuscando en los estantes?!

—Ando a ver si encuentro algún libro de Chartrier…

—Mira, el catálogo de los libros debe de estar en aquel cajón, ¡si es que Feliciano no lo ha echado a la lumbre! Ya no sé ni lo que tengo…

—¡Lo que tienes que buscar son los sermones del padre Vieira![1] —dijo Armindo Teles con maldad.

—No me hace falta; me los sé de memoria.

—¿Los haces pasar por tuyos?

—Lo haría si los diputados fueran a la iglesia; pero como sabes, no ante los demás…, ¡temo que se den cuenta!

Todos rieron. Teles replicó:

[1] N. de la Trad.: António Vieira (1608-1697) fue un jesuita portugués. Además de filósofo y orador, fue misionero en Brasil, donde adquirió fama por la defensa de los pueblos indígenas y la lucha contra la esclavitud.

—¡Todavía llegaré a verte en la tribuna parlamentaria, padre!

—Puede que sí. Los cilicios hacen santos…, pero ¿acaso yo, humilde cura, encontraría a quien se batiese por mí con el mismo denuedo con el que tú te batiste por…?

—Simão da Cunha.

—¿Por ese señor?

—Yo mismo.

—Guarda tus armas para mejor combate, amigo. No tengo envergadura sino para un servicio: el divino. Aquí tienes un libro precioso, Argemiro.

—¿Cuál?

—La vida de don fray Bartolomé de los Mártires.[2]

Adolfo Caldas comentó:

—¡Solemnísimo! ¡Qué bella lengua, reverendo!

—¡Hermosa! Fray Luis de Sousa tenía a quien parecerse…[3]

El padre Assunção se quedó de pie, junto a la alta estantería de jacarandá, hojeando el libro con suma atención.

El diputado recogió las cartas de los jugadores: había ganado la partida.

—La sabiduría de los proverbios se está viendo comprometida… —declaró Argemiro—. ¡Acabas de

---

[2] N. de la Trad.: Bartolomeu Fernandes (1514-1590) fue un fraile dominico y teólogo portugués, que llegó a ser arzobispo de Braga y participó en el Concilio de Trento. En 2019 fue elevado a la santidad por el papa Francisco.

[3] N. de la Trad.: Manuel de Sousa Coutinho (1555-1632) fue un militar portugués que, en 1614, tomó los hábitos y se volcó en la escritura, adoptando el nombre de fray Luis de Sousa. Está considerado uno de los escritores más brillantes en lengua portuguesa y es autor de la *Vida do Arcebispo D. Frei Bartolomeu dos Mártires*.

demostrar que la suerte en el amor es compatible con la del juego!

—Lecho, tribuna y mesa —añadió Adolfo Caldas—: ¡ahí tienes un lema adecuado a tus triunfos, Armindo!

Teles sonrió, respondiendo sin disimular su vanidad:

—Lecho y tribuna…, vaya; pero la mesa, ¡no sé por qué!

Caldas, sin dejar de barajar las cartas, concluyó:

—Usé lo de la mesa *sensu lato,* por hablar como un diccionario. Me refería a la mesa de presupuestos, a la mesa de bacará y hasta a la mesa de comer. No quiero hacerte la injusticia de suponer que te alimentas a base de leche y agua de Vichy… Comienzas a tener barriga; no puedes reírte de mí, y hoy comiste a mi lado, no olvides tal circunstancia: ¡comiste como un hombre de conciencia limpia y magnífico estómago! Te tengo en mayor consideración después de haberte visto comer.

Argemiro observó, riendo:

—Es el ejercicio de la profesión…

—Me confundís con Araújo Braga… —respondió Armindo Teles—, quien a fuerza de pasta adoptó la práctica de la masticación[4] y cuya imprudencia incluso lo lleva a decir, como dijo ayer a la puerta de la sombrerería Watson delante de mí: «Hoy solo me dedico a roer subsidios y clientes».

—Al menos tiene el mérito de la franqueza. A mí solo se me presentan causas pésimas, clientes ya desollados, en los huesos. Si no tuviera algún que otro bien, ¡iría a mendigar a la esquina! —declaró Argemiro.

[4] N. de la Trad.: La autora juega aquí con el doble sentido de la palabra portuguesa *pasta*, que hace referencia tanto al alimento como a la cartera que emplearían diputados y ministros.

La partida llegó a un punto en que requería la atención absoluta de los jugadores. Quedaron largo tiempo en silencio, los ojos fijos en las cartas, entreabriendo la boca únicamente para pronunciar las expresiones obligadas del póquer.

El padre Assunção continuaba leyendo, de pie, con el hombro apoyado en el ángulo del estante. La sotana, harto desvaída, le dibujaba el contorno esbelto del cuerpo al descender pegada a la moldura del mueble, confundiéndose con él en la sombra del aposento.

Los tres jugadores tenía un aspecto muy distinto. En contraste con la completa severidad del dueño de la casa, el diputado Armindo Teles alegraba la sala con los tonos claros de su ropa blanquecina y su corbata escocesa, atravesada por un rubí fulgurante. Representante del estado de Paraná, que lo tenía por un político hábil, presumía de conocer las cosas y a los hombres de Río de Janeiro como a los de su propia tierra, donde su familia lamentaba la ausencia de su persona gallarda y educada. Maleable, imprimía en su periódico de Curitiba las cambiantes políticas de su partido y la voluntad soberana de su jefe, y de esta forma se mantenía en equilibrio sobre la envidiada posición de representante de la nación. De piel clara, rubio y sin barba, que afeitaba escrupulosamente, aparentaba menos edad de la que tenía en realidad. Hablaba con sosiego y un agradable timbre de voz. En ocasiones, el mismo Caldas se burlaba:

—En la cámara, cuando habla Armindo, no escuchan sus palabras: oyen su voz. ¡*C'est la voix d'or* del congreso!

Igual que la voz, tenía blando el gesto, que parecía obedecer a un estudio al que, por cierto, jamás se había aplicado… Las manos, pequeñas, mostraban sus anillos caros sin desviarse mucho del pecho, siempre resguardado por linos claros y trajes correctísimos.

Frente a él, Adolfo Caldas, gordo y calvo, con un eterno cigarro puro atrapado entre los labios carnosos cubiertos por un bigote castaño, se movía cómodamente en su terno de paño negro, con un airecillo de superioridad sin pretensiones.

Adolfo Caldas decía ser de Río Grande, pero algunos afirmaban que había nacido en Montevideo, de familia brasileña. Vivía desde los veinte años en Río de Janeiro, siempre en el círculo elevado de financieros ilustres y ministros reputados, arrimándose a árboles de frutos sustanciosos y buena sombra. Solterón, intermediario de pingües negocios, se permitía el lujo de un viaje de vez en cuando a París, cuyas pinacotecas conocía como la palma de la mano.

Amaba la pintura y leía buenos libros portugueses, sobre todo clásicos. Era con él con quien el padre Assunção a veces conversaba sobre literatura antigua, seguro de que los grandes libros espirituales, así como los profanos, provocaban igual admiración al juicio competente de aquel hombre de tan experta sagacidad.

Se produjo una pequeña pausa en la partida; Feliciano entró con las copas de chartreuse. Al abrirse la puerta, se oyó el ruido de la lluvia golpeando con fuerza los ladrillos de la terraza y un estremecimiento de frío hizo que el doctor Argemiro, que estaba de espaldas a la entrada, se volviese.

—Oye, Argemiro, ¿de dónde sacaste al Feliciano este? —preguntó Caldas, mirando al copero, un negro de treinta y pocos años, alto y bien vestido.

—De la familia de mi suegra… Es hijo del ama de cría de mi mujer.

—Si no fuese una reliquia familiar, te lo pedía para mí.

Feliciano, que los servía a todos como si no hubiera oído cosa alguna, sustituyó los ceniceros llenos por otros, se dio la vuelta y salió en silencio.

—Si no me equivoco —observó Armindo Teles—, lo vi el otro día en casa de Lolota.

—¡Ah! ¿Conque tú también…?

—¡Qué! ¿Que si voy a casa de Lolota? ¡Pero si todo el mundo va a casa de Lolota!

—Hasta Feliciano… —murmuró Caldas.

—¡No! Feliciano llevaba un recado. Iba con una carta mía —lo corrigió Argemiro.

—¡Por eso la mujer discutía de leyes con tanta corrección! Enhorabuena. Es deslumbrante.

—No sabría decirte; la carta era de negocios, es mi clienta.

—¡Hombre puro, que ni siquiera sabe si sus clientas son bonitas o no! Yo me confieso pecador impenitente: cuando veo una falda, ¡enseguida levanto la vista para ver si el rostro de la dueña es atractivo! ¡Tápate los oídos, padre Assunção!

El cura sonrió sin apartar los ojos de la lectura.

—Pecar sigue siendo y será lo mejor de la vida —continuó Armindo—; pecados de amor, claro está. Ah, en este Río de Janeiro, por mucha que sea la voluntad de resistir, ¡nadie huye de la tentación! ¿Conoces al doctor Aguiar?

—¿El de Caieira?

—El mismo. Resulta que cuando pretende alguna cosa de la Cámara o de los ministros, envía a su mujer a las secretarías o a casa de los diputados. Un día fue a buscarme al hotel y, como el asunto era reservado, tuvimos que tratarlo en mi habitación. El salón estaba lleno. ¡Qué guapa iba!

—¿Y…?

—Aguiar se enredó en cien historias; aun así, su pretensión era justa. Sin embargo, si la mujer fuese fea, y no lo digo por mí, creo que no conseguiría nada. El caso no dependía de mí, ¡sino de alguien que presta más atención a la hermosura ajena!

Armindo interrumpió el relato para tomar un trago de chartreuse.

El padre Assunção, acaso para desviar el asunto mal encaminado, por haber encontrado el fragmento en cuestión o para llamar la atención de Caldas sobre él, leyó en voz alta una frase:

> *Un pecado llama a otro pecado, y este enseguida viene acompañado hasta llevar a la depravación y verse sin remedio. Miserabilísimo estado que abre las puertas de par en par a todo género de vicio y borra toda memoria del cielo y la eternidad.*[5]

El padre Assunção cerró el librito de fray Luis de Sousa, lo colocó en el anaquel y fue a sentarse al lado de Argemiro. Estaba esperando a que escampase para marcharse, pero la lluvia caía en torrentes fuertes y continuados. Incluso hubo un momento en que la tempestad pareció recrudecerse en su furia. Assunção confesó:

—Tengo miedo de que el temporal de esta tarde me haya tronchado el almendro del patio...

Los jugadores estaban absortos; apenas lo oyeron. Al cabo de un rato, perdido el interés por el póquer y reparando en el ruido del agua, Argemiro propuso que todos se quedaran con él: la casa tenía habitaciones de invitados. Ninguno aceptó. Caldas confesó que no era capaz de dormir en Río sino en la cama hecha por su *ménagère* y el padre Assunção afirmó que su madre no se acostaría hasta verlo entrar en casa.

[5] N. de la Trad.: El fragmento procede del capítulo XXIV del primer libro de la *Vida de D. Frei Bartolomeu dos Mártires*, de fray Luis de Sousa, anteriormente mencionado en este mismo capítulo.

La partida se prolongó hasta las once, cuando abandonaron los naipes y Armindo descorrió las cortinas para otear la calle a través del cristal de las ventanas.

—¡Sigue lloviendo! ¡Y fuera debe de hacer frío! ¡Se diría que estoy en Curitiba!

El padre Assunção, volviéndose hacia el dueño de la casa, dijo:

—Mañana tengo que ir a casa de tu suegra, ¿quieres alguna cosa para nuestra María?

«Nuestra María» era como el cura llamaba la hija de Argemiro, a la que había bautizado y adoraba.

—Nada… Iré a visitarla el domingo. Quiero ver si la próxima semana puede venir a pasar un par de días conmigo.

—¡¿Aquí?!

—¿De qué te sorprendes?

—¡Pero hombre! ¿Con quién vas a dejarla cuando tengas que salir?

—Vas a reírte… Hoy he puesto un anuncio en el periódico pidiendo una joven que se encargue de la casa de un viudo solo.

—¡Estás loco! No caigas en semejante burrada… Mira que atraes el peligro a casa.

—Ya no aguanto más a Feliciano; necesito a alguien que me ayude a soportarlo. Y ya conocéis el motivo. No quiero que mi hija se críe completamente ajena a su casa; a mí también me hace falta su compañía, al menos una vez al mes.

—¿Y confiarás a nuestra María a cualquier mujer desconocida?

—Gloria no estará lejos de los abuelos más que un día… Es un consuelo fugaz el que busco. Estoy viejo…

Caldas lo previno:

—Ten en cuenta que esas madamas llevan anzuelos en las faldas… Cuando menos te lo esperes…, te habrá pescado… ¡y eres buen pez! Es una raza abominable la de las gobernantas… ¡Verás mañana qué afluencia de francesas viejas tendrás a la puerta! Fea o bonita, la mujer siempre es peligrosa. ¡Preferiría quedarme tranquilito en brazos de Feliciano!

—¡Qué idea, poner un anuncio! —repetía el sacerdote—. Si al menos no tuvieras a la niña…

—Necesito una mujer en casa que no sea ignorante como una criada, pero que no tenga pretensiones de otra cosa. Sabré indicarle cuál es su lugar. No quiero verla, solo sentir su influencia en casa. Esa es mi condición principal.

—¡Me parece acertada! Como ya he dicho, ¡a tal oficio solo se presentan mujeres retiradas de otros servicios debido a su edad! Feas, pero habilidosas… Al cabo de algún tiempo caerás enfermo, ella será una enfermera cariñosa y la comedia acabará casi sin que te des cuenta. Es lo habitual. Assunção te lo echará en cara. Ya te lo advierto.

—¿Se lo has consultado al menos a tu suegra? —preguntó el sacerdote.

—No. Ella, con el temor de que le reclame a la nieta, siempre se ha negado a ayudarme a este respecto.

—No te lleves a nuestra Gloria de allí. Está muy salvaje, pero está muy bien. De verdad que esas señoras venidas por anuncio a ocuparse de la casa de un viudo han de tener intenciones harto extrañas. Al menos que sea vieja.

—¡No! Las viejas huelen a gallina cuando no pertenecen a la buena sociedad. Una, que metí en casa por probar, me llenó el jardín de patos y pavos que me ensuciaban la hierba con sus excrementos. Quiero una mujer que tenga buena vista, buen olfato y buen gusto. Son las cualidades que exijo, por esenciales, en un ama de casa. Quiero una joven educada.

Armindo Teles, mientras se ponía el sobretodo, cuyo cuello se subió hasta las orejas, se ofreció a ir a esperarla al día siguiente… Adolfo Caldas, calzándose las botas de goma, auguró que la joven educada tendría más de cuarenta años y no se resignaría a no conocer a *monsieur*… Y concluyó:

—Aquí estaré de espectador de la escena. Nos vamos a reír.

El padre Assunção fue el único que no se puso sobretodo ni botas de goma, limitándose a sacar del perchero su gran paraguas inglés. Allí estaba él para defender a su ahijada de un contacto indeseable…; preveía desastres que trataría de impedir. Pero ¿cómo era posible que Argemiro cayera en ridículo semejante?

Los tres salieron a la lluvia en silencio, y Feliciano, los zapatos encharcados en las baldosas del patio delantero, les deseó a todos muy buenas noches antes de cerrar la puerta.

CAPÍTULO 2

E ra mediodía cuando uno de los tranvías de Aguas Férreas paró a la entrada Cosme Velho y una joven se apeó con aire avergonzado. El tranvía continuó su camino; ella consultó una notita que llevaba en el bolso y entró en un edificio del color del maíz, rodeado de un jardín medio abandonado.

Un chiquillo fregaba el patio delantero; la mujer lo miró todavía azorada y le preguntó:

—¿El dueño de la casa…?

Afortunadamente, el pequeño no la dejó concluir; se hallaba sobre aviso y, enseguida que hizo correr una puerta de cristal hasta dejar ver parte del interior, gritó:

—¡Oye, Feliciano, ven! —Luego se volvió a la recién llegada—: Entre usted.

Ella se levantó cuidadosamente el vestido de lana negra para que no se mojara en el suelo encharcado y cruzó el patio de puntillas.

Al mirarla, el chiquillo advirtió que llevaba los botines despellejados, con los talones torcidos, y que tenía los tobillos finos. Apenas había llegado a la puerta del fondo cuando apareció un negro muy envarado, con un airecillo desdeñoso y ataviado con una chaquetilla blanca de impecable albura.

Ella le repitió la misma frase y el hombre le indicó con un ademán que lo siguiera.

Enfilaron un pasillo hasta el despacho del doctor Argemiro, que estaba escribiendo en su escritorio, rodeado de un montón de papeles, muy atareado, listo ya para salir.

Feliciano lo avisó desde la puerta:

—¡Ha venido una persona por lo del anuncio!

El abogado alzó los ojos y vio entrar en la pieza una figura medio encogida, que le pareció tener un hombro más alto que el otro y cuyas facciones no distinguió, pues se hallaban cubiertas con un velo bordado y quedaban a contraluz.

—Tenga la bondad de sentarse... Discúlpeme un momento y enseguida le presto toda mi atención...

Ella asintió con un ademán y se sentó cerca de la puerta. Él, bien iluminado por la claridad exterior, se apresuró a tomar las últimas notas, haciendo que la pluma chirriase sobre el papel. Llegado el momento de ordenar las hojas desperdigadas por el escritorio y de guardarlas en la cartera, para no perder mucho tiempo, fue diciendo:

—Antes de nada, como estos anuncios que solicitan señoras para casas de viudos son ambiguos y se prestan a interpretaciones poco decorosas, le digo desde ya que necesito, para el gobierno de mi casa, una mujer honesta a la que pueda confiar sin dudar a mi hija, que es una niña de once años. Ella vive fuera, pero deberá venir de vez en cuando a pasar unos días conmigo... Siendo esta la condición esencial, seguro que no le extrañará que le pida ciertas informaciones...

Argemiro esperó un instante para ver si se decidía a hablar sin que la interrogase; pero la pobre se encogió en la silla, por lo que se vio obligado a preguntar:

—¿Es usted viuda?

—… No, señor… Soy soltera…

—Ah…, pero ¿ya habrá dirigido alguna casa, por supuesto?

—Sí…, señor…

—Bien… Disculpe la minuciosidad, ¿podría decirme en qué casa ha desempeñado el cargo al que se postula?

Ella pareció no entenderlo; luego dijo en voz baja:

—En la mía…, en la de mi padre…

—¡Ah!… Y su padre es…

—Mi padre murió…, por eso yo…

Hubo una pausa. Argemiro consultó el reloj. Era tarde. ¡¿No le serviría aquella endemoniada mujer?!

—¿Cuántos años tiene?

—Veinticinco…

—¿Se encuentra bien de salud? La salud es otra de las condiciones que exijo.

—Sí.

—En tal caso, señora mía, me temo que el tiempo apremia y no puedo quedarme más. Voy a intentar hacerme entender en pocas palabras; le ruego que me escuche con la mayor atención y que me responda con absoluta franqueza. Como le he dicho, quiero una gobernanta para mi casa que, al mismo tiempo, ejerza de acompañante para mi hija los días en que venga a verme. Para ello es necesario que dicha gobernanta sea una mujer seria, ante todo educada, no digo instruida, sino que no sea analfabeta y tenga hábitos de aseo, de orden y de economía. Es absolutamente preciso poner coto a la impetuosidad de mis gastos domésticos. Yo no puedo ocuparme de ello. Usted dirigirá todo, con energía, para poner definitivamente las cosas en orden. Para ello dispondrá de todo mi apoyo moral. Hay una cláusula, que quizás le parezca absurda, pero que es indispensable en nuestra situación, si acepta usted las condiciones que estipulo...

Argemiro se detuvo con aire interrogante.

Ella respondió con un hilo de voz trémula:

—Perfectamente.

—Es esta: no nos veremos sino cuando sea absolutamente indispensable, o mejor dicho, ¡no nos veremos nunca! La razón de esta peculiaridad, o de esta manía, no se puede explicar por completo en pocas palabras, pero imagine que se fundamenta únicamente en esto: ¡no quiero que recaiga sobre quien debe velar por mi hija ni la sombra de la sospecha! Mi casa es grande, tiene dos plantas, y yo me paso el día en la ciudad; solo vengo a cenar por la noche. En mi ausencia, toda la casa será suya; pero, en cuanto yo entre, tendrá que saber y poder evitarme. ¿Cree que es posible?

—Lo creo...

—¿Está de acuerdo con que así sea?

—Sí.

—Piense en la responsabilidad que va a contraer.

—Ya lo he pensado...

—Soy exigente. Quiero sentir en mi casa la influencia de una persona joven, sana y ordenada. No quiero ver a esa persona, por las razones que ya le he expuesto y por otros particulares que no vienen al caso, como también le he dicho. Le advierto que no me gusta que me incomoden. ¿Acepta usted las condiciones que he mencionado?

—Sí.

—Tanto mejor; me parece que nos entenderemos. No obstante, repito, desearía que me diera alguna información sobre usted. ¿Cómo se llama?

—Alice Galba.

—Galba… Creo haber conocido en mi infancia a un anciano con ese nombre…, un botánico, si mal no recuerdo…

—Era mi abuelo…

—Entonces, su padre…

—Mi padre murió hace diez años…

Argemiro sacó el reloj. Estaba a punto de pasar el tranvía; entonces, se levantó a toda prisa y recogió la cartera y el sombrero.

—¡Qué tarde ha venido usted! Y aún nos queda algo que acordar: ¿el salario?

La joven se levantó con timidez.

—Págueme usted lo que considere…

—¡Vaya! Cómo voy a saberlo.

—Yo tampoco lo sé… Es la primera vez que trabajo…

Argemiro presintió sinceridad en aquella confesión y miró a la joven. Apenas intuyó, a través del velo, un rostro delgado y pálido.

«Parece fea…», pensó para sí, con una pizca de desagrado, antes de decir:

—¿Dónde puedo mandarle aviso?

—Vendré, cuando usted me diga, a conocer su respuesta.

—Si desea aceptar el trabajo…, venga el jueves. Solo le pido alguna información más sobre sus antecedentes y que fije su salario.

El abogado, mostrándose impaciente, enfiló hacia la puerta como para despedirla. Ella le hizo una reverencia tímida y salió.

Cuando Argemiro llegó a la calle, con la cartera repleta de papeles, vio a Alice subir camino del tranvía y notó, al igual que su criado, que llevaba los botines rotos y tenía los tobillos delicados.

Aquella endemoniada muchacha le había hecho perder un tiempo precioso, y tal vez en vano. ¿Quién sabía? A lo mejor aparecía otra mejor. De esta todo le desagradaba, desde los hombros encogidos hasta los botines despellejados...

* * *

Cuando Argemiro volvió a casa a cenar, se encontró al padre Assunção, que venía a traerle noticias de María da Gloria.

—Tu hija me ha pedido que viniese hoy mismo a decirte que te echa mucho de menos. ¿Qué diablos haces, que no vas a verla?

—Sabes bien en qué se me pasan las horas..., ¡qué estupidez! ¡Aquello queda tan lejos y mi suegra cierra la casa tan pronto! ... Ay, me muero por traerme a la niña, al menos de quince en quince días, a comer conmigo y llenar esta triste casa de risas y alegría. ¿Cómo la has visto?

—¡Magnífica, coloradota, fuerte! La abuela, exasperada porque no se preocupa de estudiar. Cuando llegué estaba encaramada al muro, robando las moras del vecino; cuando entró llevaba el delantal manchado y la falda toda descosida. La abuela me lo mostró quejándose, pero ¡Gloriazinha apenas le dejaba hablar de tantos besos como le daba!

Argemiro y el sacerdote rieron.

—La abuela tiene razón; mi hija ya está muy mayor para esos modales de muchacho...

—Es una niña…, déjala.

—Pero, al fin y al cabo, ¿de quién es la culpa? De los abuelos. Si viviera conmigo sería muy distinta.

—No estaría tan bien.

—Es una salvaje…, esa es la verdad; apenas sabe leer, garabatea las letras con una caligrafía pésima… ¡y toca sin ritmo unas intolerables lecciones del método! Ya tendría que saber mucho más, ¿no crees?

—¡A ver! La niña sabe en qué momento se deben plantar los repollos y podar los rosales, cómo se tiñe la ropa y se encluecan las gallinas. Es una ciencia rara hoy en día y muy útil. Tu suegra me pidió que le enseñara el catecismo para la primera comunión.

—Y tú…

—Yo le dije que por el momento dejara a la niña alabar a Dios a su manera. Cuando entré en la finca, andaba repartiendo fruta entre la chiquillería pobre del vecindario.

—Es algo tosca, pero tiene buenos sentimientos…

—Es un ángel; no es culpa suya que esté asilvestrada; cambiará con el tiempo.

—Con el tiempo no basta; estoy convencido de que necesita algo más… Pobrecita, ¿tengo derecho a sacrificarla al egoísmo de la abuela? Nos equivocamos dejándola allí… No alientes mi negligencia; es la verdad. Si pudiera organizar mi vida de otra manera… Por cierto: hoy ha venido una muchacha, por el anuncio del periódico, a ofrecerse como gobernanta. ¡Una sola! ¿Ves?, ¡y vosotros diciendo que acudirían en manada! Si vinieran varias, podríamos elegir. Esta no me gustó. Me pareció tímida, toda torcida.

—¿Jorobada?

—No…, no lo sé. Necesito que intervengas. Regresará el jueves por la tarde; habla tú con ella y decide todo. No quiero volver a verla, pero desde ya te digo que, en cualquier caso, recta o torcida, será mejor que nada.

—Vas a dar lugar a una situación embarazosa e insostenible. Ya no tienes edad de fantasías.

—Cuéntame, ¿qué ha dicho tu madre?

—En contra de lo que esperaba, aprueba tu decisión...

—Pues claro.

—Pero no cree que uno pueda vivir bajo el mismo techo con una criatura sin llegar a verla nunca.

—Con esta, pobrecilla, creo que será fácil. Te confieso incluso que su fealdad me ha desconcertado. Desearía tener una gobernanta guapa, o al menos graciosa. La belleza sugestiona y da a todo lo que la rodea un aire de elegancia. Imagínate que efectivamente esté lisiada. ¡Será el hazmerreír de los criados y despojará de toda originalidad nuestra situación!

—Prefieres el peligro...

—Para poner a prueba mi impasibilidad y dármelas de héroe —respondió, riendo, Argemiro—. Necesito ejercitar mi voluntad y mi sangre fría.

—¡Bobadas!

—Pero ¿qué quieres que te diga, a ti, que me conoces como la palma de la mano? ¡Vienes con aires extraños a asustarme con un futuro que no promete nada! Sabes bien que el verdadero motivo de esta imposición es este: sería triste ver moverse a mi alrededor una mujer, en esta casa, donde ninguna otra entró después de morir la mía. Mi viudedad es tan melancólica, tan viuda, que solo vivo para sentirla. Estas cosas solo te las cuento a ti por miedo a resultar ridículo. Tú me comprendes: fuiste su amigo, su confesor, supiste de su alma más que yo mismo, entiendes los motivos por los que me aferro. Amo a mi mujer a través del tiempo, con la misma tenacidad de los primeros días. Ella preside mi vida, soberana. Le expliqué a la otra, cuando vino, que solo una razón me obligaba a imponerle esta cláusula extravagante: no dar pábulo a la maledicencia y a los comentarios de los criados... ¡Como si eso me importase!

—¿Y ella?

—Aceptó.

—En fin..., creo que te equivocas. Pero eso es cosa tuya. Preferiría que te casases, a pesar de que...

—¡Ah, eso nunca! Mi mujer, lo sabes bien, me pidió que no volviera a casarme; me hizo jurárselo... Cumpliré su voluntad. Tanto más cuanto que ninguna mujer me interesa, a no ser...

—A no ser...

—Para esa suerte de amores que solo tiene un sabor: el de la frivolidad. No soy un santo, pero soy fiel. Me creas o no, la verdad es que no me acuesto nunca sin besar el retrato de María, colgado a mi cabecera desde el día de su muerte. Tengo la sensación de que su alma no sale de esta casa que tanto amaba; siento como si me envolviese entero... Ahí fuera soy un viudo como cualquier otro, no me abstengo ni del cortejo a la mujer de salón ni del abrazo a la mujer de pecado; pero tan pronto como entro en mi casa, me parece sentir las manos finas de María tomar las mías y su voz, que no olvido, repetirme aquella frase celosa y que era como un estribillo: «¡Quiéreme solo a mí! ¡Solo a mí!».

Se produjo una pausa. El padre Assunção observó:

—Nuestra María no se parece a la madre...

—Nada.

—Salió a ti.

—Tal vez. Pero vamos a cenar, que tengo que ir a Lírico.[6]

A la mesa, nada más sentarse, Argemiro vio a la derecha de su plato un desgarro en el mantel, del tamaño de una monedita; se lo mostró con gesto enfadado al padre Assunção.

—Naturalmente, hace falta un ama de casa... —observó este.

Comieron sin alegría; a la hora del postre, el criado fue a buscar la caja de los puros y Argemiro, levantando los cubiertos de aleación Christofle, mostró al sacerdote que el tenedor tenía señales de fuego en el borde de los dientes, y que las hojas de los cuchillos comenzaban a bailar en las cachas. ¡Y todo aquello era nuevo!

El padre Assunção sonrió:

—¡Ahora te fijas en todo!

Feliciano trajo los puros y Argemiro advirtió que el negro se surtía en abundancia de sus habanos. ¡Siempre el mismo abuso! Mirando con atención al criado, vio que lucía con cinismo una de sus camisas bordadas; tampoco estaba seguro de haberle dado aquella bonita corbata morada con lunares pardos. Como el padre Assunção se consideraba de casa, Feliciano le presentó a su patrón delante de él las cuentas de la semana.

—¡Una oda al malgasto!

Era un batallón de cifras encarriladas columna abajo, atropellándose en su exageración hasta saltarle a la vista a Argemiro. Desde el proveedor de frutos rojos hasta la

---

[6] N. de la Trad.: El Teatro Lírico, que hasta la proclamación de la República de Brasil en 1889 era conocido como Theatro Imperial Dom Pedro II, se encontraba en la actual Rua Treze de Maio. Fue demolido en 1934.

zurcidora de ropa blanca, todas las cifras se veían abultadas por la multiplicación del negro.

—¿Ves, Assunção? Casi un millón de reales en quince días, esto en una casa en propiedad, con su bodega y a la que la finca del suegro harta de pavos, huevos, lechones y hortalizas. En tiempos de María estábamos mejor, éramos más personas y gastábamos mucho menos.

—Aún te queda un recurso...

—¿Cuál?

—Una pensión...

—¡Dios me libre! La pensión es la fosa común de la vida. ¡Me repugna! —Y volviéndose hacia el negro—: Ven y explícame una cosa: ¿por qué, pagándole tanto dinero a la costurera, me deja agujeros como este en un mantel?

Feliciano se hacía el tonto cuando le convenía.

—Es una especie de vieja...

—¡Ah! ¡Una especie abominable! Despídela.

Después de cenar, el padre Assunção salió a dar un paseo hasta el Largo do Machado, como de costumbre, y Argemiro fue a vestirse para el espectáculo. Cuando, ya cambiado, iba a ponerse el sobretodo, vio cómo Feliciano le tendía un papel, murmurando con la mayor naturalidad:

—Una cuenta más que había olvidado entregarle; estaba en el fondo del bolsillo.

—Tu bolsillo no tiene fondo, ¡no acaba de llenarse nunca! ¿Qué cuenta es esta?

—Una cuenta antigua, de un coche.

Argemiro estaba de buen humor. Se rio. Y salió pensando: «¡Se te ha acabado el reinado, ladrón!».

***

El salón del Lírico se hallaba atestado.

El primer acto estaba a punto de acabar.

Agarrados el uno al otro, el tenor y la soprano se desgañitaban en protestas de amor. El público los veía con respeto y cierta solemnidad. Argemiro alzó los ojos al palco de la señora de Pedrosa, que en ese momento exacto lo miraba precisamente a él. Durante el primer intermedio subió a presentarle sus respetos. La mujer le tendió la mano enguantada, estrechándosela con dominio y haciendo que se sentase a su lado. Pedrosa se escabulló al pasillo, donde se puso a conversar con el consejero Isaías y el doctor Sebrão.

Pedrosa ansiaba la cartera de Hacienda; para ello andaba exhibiendo por los periódicos grandes artículos financieros, cuajados de guarismos enfilados como hormigas por entre la erudita aridez de la fraseología. ¡Ah! Hasta qué punto aquellos artículos admiraban a los unos y aguijoneaban la maledicencia de los otros, que se los atribuían a Benedito Lemos, un bohemio inteligente como el diablo y borracho como una cuba.

Él, Pedrosa, lisonjeaba ahora a Sebrão y al consejero Isaías, comensales asiduos y amigos del presidente de la República.

Era un hombre astuto.

La esposa, menuda, artera, de un moreno pálido bajo el cual se veía arder un alma ambiciosa, lo instigaba a ir al encuentro de los puestos ostentosos de la alta política.

Se vengaba del destino por haberla hecho mujer, conservándose joven más allá de los cuarenta años. No era bonita, pero su expresión de desafío, que agradaba a los hombres e irritaba a las mujeres, acaso la volviese un tanto original. Le gusta imponer su autoridad. Con Argemiro el trato era tan cariñoso que este había de esforzarse por adivinar sus intenciones.

Conversaban los dos como si esperasen una palabra reveladora cuando entró en el palco Benjamim Ramalho, todo tieso por el alto cuello rígido, con una camelia blanca en la solapa y el cabello aplastado sobre las orejas pequeñas y redonditas. La de Pedrosa apenas disimuló su contrariedad. Benjamim se inclinó ante ella en una reverencia. Y una vez sentado, dijo:

—Magnífico este primer acto. ¿No le ha gustado?

La de Pedrosa respondió casi con sequedad:

—Mucho.

Benjamim miró a Argemiro, que dirigió el binóculo al palco de la señora de Vieirinha. La de Pedrosa, al advertir el movimiento del abogado, siguió su ejemplo. Benjamim se quedó aislado un momento, perplejo; dudó, comprendió que había llegado inoportunamente ¡y acabó dirigiendo también su binóculo a la de Vieirinha!

Después de un breve silencio, se oyó la voz de la dueña del palco en un comentario de enfado:

—No es fea esa señora, pero viste muy mal…

—Realmente no tiene gusto… —confirmó Benjamim—, usa colores demasiado chillones…

Argemiro sonrió para sus adentros. La pobre señora de Vieirinha había cometido un pecado: ¡estar casada con un ministro que había atrapado la cartera en el aire cuando se la habían lanzado a las manos a Pedrosa!

Argemiro, sin apartar la vista del binóculo, comentó:

—Entonces, Benjamim, ¿te ha gustado mucho el primer acto?

—¡Absolutamente!

—Bienaventurado…

—¡¿Por qué?!

—Porque haya algo que te pueda gustar absolutamente…, cuando para los demás todo en el mundo tiene límites…

—Pues mire, —acudió la de Pedrosa sin poder disimular una puntita de envidia— por su insistencia en mirar hacia la señora de Vieirinha, se diría que, al menos para usted, los límites no existen.

La de Pedrosa tenía un don para decir las cosas más duras como si las hubieran hervido en miel. Habló riendo. Benjamim también rio y el abogado respondió con un suspiro:

—Es que esa señora no permite que se la vea de cerca con facilidad…

—¡¿Verdad?! Debe de ser para que no le perciban los defectos… o quizás haya estado en un convento. Por cierto, mi hija deja mañana definitivamente el colegio de las Hermanas de Sion. Voy a buscarla a Petrópolis. Estoy vieja, ¡con una hija ya adulta…! El sábado quiero presentársela a mis amigos. ¡Ella tiene una gran predilección por el doctor Argemiro!

Entonces notó el abogado que la de Pedrosa lo miraba con una expresión diferente, como si por primera vez le viese en la cara algo desconocido… Aquello lo intrigaba, pero no halló la explicación hasta el final de la visita; Benjamim lo importunaba. ¿En qué andaría pensando la de Pedrosa…?

Al salir del palco, sintió cómo lo agarraba en el pasillo la mano del marido, que lo retuvo para presentarle al consejero Isaías y al doctor Sebrão, a quien calificó de Demóstenes brasileño.

Argemiro ya había oído a su colega en uno de sus discursos más famosos en el Senado.

El consejero Isaías aprobó el sobrenombre de Demóstenes dado a Sebrão, lamentando que Río de Janeiro no tuviese, como la hermosa Atenas, el gusto fino por la palabra, tan desperdiciada aquí, y no considerase la política como una de las artes superiores... Ellos también conocían al doctor Argemiro Claudio y sabían que estaba escribiendo un libro jurídico de extraordinario interés...

Pedrosa, ufanándose de la amistad de los tres, resplandecía de orgullo.

Argemiro lo felicitó por su artículo de aquella mañana. ¡Buenos argumentos, excelentes demostraciones!

Pedrosa se frotó las manos: sí, siendo sincero, había estudiado la cuestión a fondo. Se había visto obligado a subir a la palestra por una serie de circunstancias muy especiales; de lo contrario, nunca habría salido de su retiro, donde se quemaba las pestañas leyendo a los maestros y estudiando las cuestiones financieras más graves del país...

—Todavía no he podido leer su artículo, pero el presidente lo ha leído y ha quedado muy impresionado —mencionó el consejero Isaías.

Pedrosa dio un respingo involuntario:

—¿El presidente ha leído mi artículo? ¿Le gustó? ¡Ah, pero por supuesto! Cómo no iba a ver que no señalo sino errores de la administración pasada y que le han causado enormes contratiempos...

—Difíciles de solucionar...

—¡Facilísimos, caballero, facilísimos!

—La verdad es que el entorno del presidente no es el mejor y este se deja influir por los ministros más de lo que conviene... —objetó Sebrão.

—¡En efecto! —asintió Pedrosa, levantando la mano en forma de juramento.

Los otros lo miraron con cierta admiración. Pedrosa siguió con tono confidencial:

—Tampoco quiero yo decir la última palabra…

En ese instante irrumpió la música y a Argemiro le pareció más interesante ir a oír el segundo acto de *Tosca* que la última palabra de Pedrosa. Se despidió aprisa y encaminó sus pasos hacia la escalera.

CAPÍTULO 3

El tren de las afueras estaba a punto de partir cuando Adolfo y Argemiro entraron en la estación central. Delante de ellos corría una multitud presurosa y desordenada, cargando paquetes y arrastrando niños.

—¡La hora de comer aquí es una hora peligrosa, Argemiro! ¡Para que luego digan que las alubias no tienen prestigio!

En ese momento notaron cómo los empujaban. Eran unas señoras que les tomaban la delantera por asalto, muy nerviosas, mirando hacia atrás, contándose por miedo a que alguna se extraviara.

—Esto es una ignominia. Mira que obligarte tu suegra a venir aquí abajo.

—¡Imagínate las veces que se lo habré dicho! ¡Cada vez que voy a ver a la niña es este horror! ¡Y pierdo un tiempo!

Caldas soltó un improperio.

—Pero ¡¿qué ha sido eso?! ¡Cuidado que no te manden a prisión...!

—¡Ese tipo quería quitarme el paquete de *marrons glacés* para tu hija! No les basta con lo que ya cargan. ¡Gente amiga de alborotos, la de los suburbios! Mira.

—No tengo tiempo. Entra.

Ambos se subieron a un coche. Olía a carbón de piedra y hacía calor. Argemiro continuó, después de sentarse:

—Mi suegra tiene razón; ella vive como una abadesa de convento rico; tiene un prestigio por los alrededores que ni te imaginas... Es muy buena, muy limosnera; constituye el centro de una población de pobres y familias que, si no dependen materialmente, sí se han acostumbrado a su tutela moral y no prescinden de ella. Lo entiendo y le doy la razón. Pero aún hay otro motivo que la obliga a vivir en la finca: el empeño de tener la nieta para sí sola. Mi mujer, no sé si ya te lo había contado, era hija única y fue criada con un mimo raro; durante el tiempo en que estuve casado tuve ocasión de conocer a la madre más exagerada que jamás haya visto. Conmigo fue de una bondad y de una ternura encantadoras. Me quería porque veía bien lo feliz que hacía a su hija... Para ella la nieta representa a la hija muerta. Gloria llegó a casa de su abuela muy pequeña; fue esta quien la ha criado, y se considera con todo el derecho a guardarla para siempre... Y es por tenerla solo para sí, en los mismos lugares en los que creció mi mujer, por lo que se obstina en no salir de aquel rincón...

—¿Y tu opinión no cuenta?

—Claro que me tiene en consideración, pero entiende, y con razón, que no puedo tener a Gloria conmigo.

—¿Y si te casas?

—Bien sabe ella que eso no ocurrirá nunca. Mi suegra heredó los celos de la hija… Ya sabes que mi mujer me pidió que no me volviera a casar…

—Todas las mujeres ruegan lo mismo a los maridos y al final… ¡todos los viudos se casan! Más rápido que los solteros, fíjate.

—Así estoy bien.

—¿Tu suegro también se aferra por gusto a ese sitio?

—Por gusto y por economía. Él explica mejor su predilección por el campo diciendo que a la sombra de sus mangos se siente más lejos de la República…

—¡Ahí lo tienes! Nunca le he oído hablar de política…

—No es hombre que discuta sobre hechos consumados. Además, está viejo y es amigo del reposo… Se hizo botánico para entretenerse con las labores de la finca. Tuvo una juventud tormentosa, la mujer no fue feliz; así que ahora, para compensarla, le cede toda la soberanía y es un corderito. El buen viejo hace olvidar al mal joven…

Argemiro reparó en que aún tenía en las manos distraídas un pequeño abanico de papel que había recogido al entrar en el vagón. Lo hizo rodar entre los dedos: tenía una varilla rota, unida a las demás con un hilo.

—Debe de ser de esa joven que se removía hace un momento buscando algo… ¡Creí que le habían robado el reloj!

—Tal vez le haga falta…

Era de ella. Argemiro, al entregarle el abanico, advirtió un movimiento de alegría mal disimulada. Volvió a sentarse y Caldas insistió:

—Le aconsejé a tu suegro que vendiera sus tierras de Minas Gerais. Barreto me ha pedido que organice una colonia suiza, para la industria láctea... y conviene sumarle las tierras del barón. ¿Le dan rendimiento?

—No sé, hijo. Mi suegro es un hombre callado y yo huyo de mostrar interés por las cuestiones de dinero. Pero ¿de dónde demontres vas a sacar a los suizos?

—De la China, tal vez... ¡qué pregunta! ¡Iré a buscarlos a Suiza, hombre!

—¡Siempre organizas unos negocios!

—Nunca los busco. Ellos me llegan a casa por su propio pie; allí, o los recibo o los echo puertas afuera. Es cierto que los negocios buscados no rinden. No hay nada como hacerse pasar por hombre rico para enriquecerse... El propio individuo llega incluso a engañarse y a verse más guapo... ¿Conoces mayor deleite que el del dinero, señor absoluto del mundo entero? Solo lo que es bueno y caro procura placer...

Argemiro sonrió, recordando el pequeño abanico roto y el gesto de alegría de su dueña al volver a verlo. Pobrecita...

Caldas, que tenía confianza con su amigo, empezó a hablarle en voz baja de su colaboración en los informes de Vieirinha, que le daba aún más trabajo del que había tenido con los informes de Teobaldo cuando era ministro de Hacienda...

—Oye, —lo interrumpió Argemiro—. ¿En qué disposición está el presidente con Pedrosa, sabes algo?

—El burro de Pedrosa va a ser ministro.

Argemiro rio; Caldas retomó el hilo de sus confidencias interrumpidas.

El tren corría de estación en estación, con sus chirridos ensordecedores. Un niño lloraba en el regazo de la madre preocupada; un grupo de muchachos, amarillos y desdentados, hablaba de elecciones del club de fútbol

Riachuelo, al pie de una señora de cabellos grises, bien vestida y que viajaba sola.

Fuera el paisaje se extendía a lo ancho, bañado por un sol abrasador. Un velo fino de polvo doraba la atmósfera. Los naranjos pequeños, de grandes frutos dorados, alegraban aquí y allá algún punto de los campos mal tratados, donde caminos embarrados describían líneas tortuosas en mitad de pastos secos.

—Esto es desolador… —observó Argemiro, señalando la extensa pradera, en la que de trecho en trecho se apiñaban casitas feas.

—Y este tren podría discurrir entre huertos olorosos. Brasil es la tierra de la flor rara y la fruta sabrosa. A uno y otro lado de estas carreteras, si tuviéramos agricultores y campesinos de buen gusto, veríamos, Argemiro, lindas orquídeas suspendidas en las ramas de los árboles frutales. ¡Mira allí! Hay que carecer de gusto e instinto alguno para construir una valla de palos torcidos aquí, en el país del bambú. ¡Del bellísimo bambú! ¡Ah! ¡Los japoneses! Pueblo feliz y provechoso… Voy a aconsejarle a Barreto que instalemos un colonia de japoneses, con la condición de que ellos mismos construyan sus casas y traigan muchas *musmés*[7] bonitas…

—¡Condición esencial!

—Y que tú con toda tu viudedad aprovecharías mejor que yo…

---

[7] N. de la Trad.: Deformación de la palabra japonesa *musume* (娘, むすめ), que significa 'mujer joven, soltera'. A partir de finales del siglo XIX, Brasil recibió varias oleadas de inmigrantes, procedentes, entre otros, de Japón, por lo que en la actualidad cuenta con la mayor comunidad de origen nipón fuera del país asiático.

—Aprecio poco el tipo y detesto la raza...

Delante de ellos, el grupo de chiquillos se había incrementado con otros individuos, que, abandonando sus asientos, habían llegado para discutir sobre las elecciones del club. Uno de los muchachos, en el calor del debate, se había sentado en el reposabrazos del banco en el que viajaba la señora de cabello gris. Esta se encogió, incómoda. El chico les gritaba a los demás:

—Si no tuviera educación, no me habría aguantado las ganas que tenía de abofetear a Andrade allí mismo, ¡en el club!

Otro le advirtió que estaba molestando a la viajera; el muchacho se levantó, disculpándose, y fue en ese instante cuando el tren se detuvo en Madureira.

Caldas y Argemiro encontraron en la estación la victoria del barón, que los esperaba.

—¿Todos bien por casa? —le preguntó Argemiro al cochero.

—Todos bien.

—Fíjate qué rareza, Adolfo; solo me acuerdo de que mi hija podría estar enferma en el momento en que me acerco a ella. Entonces me asalta el terror de que podría encontrarla en cama...

La finca del barón quedaba a un kilómetro de la estación. El coche partió al galope de un caballo ligero y diez minutos más tarde atravesaba el ancho portón de la finca para continuar hasta la puerta de la vivienda por un extenso camino flanqueado de bellísimos mangos.

—¡Qué sosiego produce todo esto! —exclamó Caldas, aspirando con fuerza el aroma de la flor del mango y paseando la mirada por la frescura de aquellas sombras.

—El paraíso... —murmuró Argemiro, estirando el cuello por si vislumbraba, aunque fuera de lejos, a la hija.

Antes de que el coche llegara a la casa, María da Gloria atravesó chillando la amplia parcela de hierba junto al camino e, irrumpiendo entre los mangos, se arrojó alegremente hacia el vehículo:

—¡Papá! ¡Papá!

El cochero apenas tuvo tiempo de frenar la marcha del animal cuando la niña se encaramó al estribo y se subió al coche con la cara sonrojada y risueña. El padre la agarró y tiró de ella hacia adentro, sin atreverse a reñirla por aquella imprudencia. Trató de hablar, pero ella le cubrió las barbas de besos.

—¡Cuánta euforia! —exclamó Caldas, riendo.

Ya llegaban a la puerta del viejo palacete de los barones de Cerro Alegre.

Al pie de los escalones, el suegro de Argemiro, recién afeitado, con el cuerpo enjuto enfundado en unos pantalones de algodón resistente bien blanqueados y el gorro de seda negra en la mano fina y nerviosa, sonreía a la espera de los huéspedes, a quienes abrazó.

—¿Y mamá?

—Os espera en la sala central. Entrad.

Argemiro había aprendido de su mujer a llamar «mamá» a la baronesa y, comprendiendo ahora lo mucho que tal título conmovía el corazón de la anciana, continuaba usándolo de buen grado. Era como si el alma de la difunta pasase por sus labios cada vez que pronunciaba esas dos sílabas amadas.

La baronesa era una dama gruesa, alta, de bellos ojos negros y el cabello completamente blanco. Tenía las facciones flácidas, la carne del cuello caída, la boca amplia, la frente corta y aún empequeñecida por el espesor de las cejas oscuras. Cosía sentada en una mecedora junto a una mesa redonda cubierta de un paño oscuro y en la que florecía en un jarrón un ramo de crisantemos pálidos.

—¡Bienvenidos! —exclamó con su voz fuerte, de contralto.

Argemiro le besó la mano y se sentó a su lado. Caldas se entretuvo charlando con el barón, quien, con la venia, había vuelto a cubrir con el gorro de seda su cabello blanco y rizado.

—Entonces, hijo mío, ¿cómo ves a la niña?

—Fuerte… ¡Muy alta!

—¡Crece de día en día! Si no viviera en el campo, con esta libertad, no sé qué sería de ella… Hay que reñirla; está muy voluntariosa…

—Tiene a quien parecerse…

—La madre era un corderito…

—Pero la abuela es enérgica. Y yo…

—Tú eres hombre. Tu mujer era del tipo de su padre; Gloriazinha salió más a mí… ¡Mira esas cejas…!

—¡Parecen bigotes! —replicó Argemiro para hacer rabiar a la niña. Y después de besarle los ojos—: Y los estudios, ¿qué tal?

—¡Eso! ¡Cuéntaselo! Es una perezosa de marca mayor… El abuelo no se cansa de llamarla y enseñarle las lecciones. Pero santo de casa no hace milagros…

—Pues habrá que llamar a algún santo de fuera. Ve por los libros, Gloria.

—Pero papá… Luego… Yo…

—Lo que quiere es andar como las cabras, corriendo y saltando… Yo, en fin, se lo consiento, porque no hay que poner coto a ese crecimiento... Gracias a Dios, tiene una salud de hierro.

—Precisamente por eso necesita otros modales... ¿Y si la mandásemos a un colegio?

Por los ojos de la baronesa pasó una sombra de desagrado y respondió:

—Si queréis matarla...

—Eso nunca —protestó el barón—. Los colegios ni para los muchachos. Son lugares de perdición. Lo que tenemos que hacer es interesarla por el estudio.

—Pero ¿cómo?

—Ha de haber alguna forma... Eh, Gloria, ve a tocar tu última lección, anda. La profesora de música no está descontenta...

Gloria torció el gesto.

—¡No sé nada!

—¿Cómo no vas a saber? ¡Ve a tocar!

—No...

—¡Gloria!

—No...

—¡Esta niña!

Argemiro miraba a su hija con desagrado. La baronesa intervino:

—Después de comer tendremos tiempo; ahora le da vergüenza... Manda servir la cena, Gloria, ya tocarás luego...

Gloria aprovechó la oportunidad y corrió al interior, desde donde al cabo de un rato se oían sus carcajadas fuertes, estruendosas.

El padre se volvió hacia el suegro para informarse:

—¿Cómo va con la lectura?

El anciano meneó la cabeza, sonriendo, pero la abuela exclamó, dirigiéndose a Caldas:

—¡Si ella quisiera! ¡No te imaginas el talento que tiene esta niña! ¡Aprende todo con una facilidad asombrosa, rapidísimo!

—¡Pero lo malo es que no quiere! —aseveró el abuelo, riendo.

—¡Vaya! Tampoco es para tanto; el señor Caldas va a pensar que nuestra Gloria es analfabeta.

—Casi.

—¡Pero bueno! ¡No digas eso! La niña lee… y escribe… y demuestra que vale para la música. Después de todo, no se está educando para ser doctora ni maestra. En mis tiempos no se exigía tanto…

—No es motivo. La mujer hoy necesita ser instruida, sólidamente instruida, mamá, y yo quiero, exijo que mi hija lo sea.

—¡Tienes razón, pero ya querría saber yo si el sacrificio del estudio tiene compensación de verdad! Andar detrás de un pobre niño todo el día, haciéndole conjugar verbos y formar una y otra vez oraciones gramaticales, metiéndole en la cabeza nombres de lugares y complicaciones matemáticas; haciendo que doble el espinazo sobre mapas y líneas geométricas, cansándole la vista antes del tiempo, robándole la libertad que da salud, alegría y arrojo; ¡fijaos que no me parece obra de amor ni de caridad! Yo ya os lo confieso: huyo de la sala de estudio cuando veo a mi marido llamar a la nieta para la lección…

—Imagino que será muy severo… —comentó Caldas, sonriendo.

Argemiro le tomó las manos a la suegra y dijo:

—Mamá, tal vez tenga usted razón, pero la verdad es que Gloria ha llegado a una edad en la que no se la debe tratar como el animalillo animado que es. Tenemos que prepararla para el futuro, que siempre es incierto. Imagínese que un día, que por desgracia ha de venir, le falten a nuestra Gloria sus cuidados, los del abuelito y los míos... ¿qué será de ella, si fuera ignorante, con lo impulsiva que es... y con ese genio, eh?

—¡Cuando eso suceda, para lo que auguro que aún falta mucho, tu hija estará casada!

—Lo estará o no. ¿Y si acabase mal casada? ¿Si el marido derrochara toda su fortuna y luego la arrojara a las ortigas?

Los ojos de la baronesa se llenaron de lágrimas; el viejo carraspeó, advirtiendo al yerno que había ido demasiado lejos en el camino de las hipótesis, pero la baronesa reaccionó, sonriendo:

—Gloria se casará bien, con un hombre que la amará y la respetará. ¡Faltaría más! ¡Mi nieta mal casada! Pobre..., despreciada..., necesitando trabajar para vivir..., ¡qué horror!

—Lo que es un horror, mamá, no es trabajar, ¡es no saber trabajar!

—En fin..., la necesidad es la mejor maestra; si algún día... ¡Ay, no! ¡No quiero ni pensarlo!... Mi Gloria nació para ser amada. Leo en sus ojos ese destino... Es un poco brusca... y algo autoritaria..., ¡pero bueno!, a los hombres eso les gusta.

Todos rieron y la risa ocultó un suspiro en el que Argemiro murmuró:

—Yo querría que fuera más dulce.

—¡Abuelita, la mesa está lista! —gritó Gloriazinha desde el pasillo, con la boca llena.

—Ya me ha echado mano a las nueces... No hay más remedio que consentirla; ¡es un diablillo y así es como la quiero!

Fue solo a los postres cuando Argemiro declaró que había contratado a una gobernanta para la casa y que, de ahora en adelante, quería que la hija fuera a visitarlo todas las semanas. Para él, un hombre tan ocupado, era un sacrificio ir allí a menudo. Así se repartirían el trabajo. Su Gloriazinha iría a cenar con él todos los sábados, que era su día más libre.

La suegra parecía horrorizada.

—¡Una gobernanta!… ¿Quién te la ha recomendado? —preguntó, disimulando apenas su mala impresión.

—Nadie —respondió el yerno plácidamente— puse un anuncio.

La baronesa dio un respingo en la silla.

—¡Un anuncio! Has metido en tu casa, en la casa de mi hija, ¡a una mujer de anuncio! ¡Y quieres confiarle a tu hija durante las horas en que esté en la ciudad! ¡Oh, amigo mío, no te reconozco!

—¿Que quería que hiciera, mamá? ¿Cuántas veces le he pedido que me ayude a encontrar una preceptora para María, que al mismo tiempo se ocupe de la casa, y usted nunca ha querido hacerlo…? Después de todo, no voy a quitarle a su nieta. María da Gloria solo irá a verme los sábados. Es justo que yo también disfrute un poco de la compañía de mi hija. Regresará el mismo sábado o el domingo por la mañana…

—Era lo que nos faltaba… ¡Gloria durmiendo fuera de casa, en manos de una mujer salida de Dios sabe dónde! ¡Una mujer de anuncio! Una… —La baronesa se contuvo y, al cabo de un momento, tras dar un golpe con el tenedor en la mesa, preguntó—: ¿Es vieja, al menos, esa criatura?

—Es joven…

—¡¿Cómo?!

—Tendrá veintipocos años.

—¡No es posible tener a esa mujer en casa, Argemiro!

—¡¿Por qué?!

—No es conveniente…

—Pues ya está allí. Entró esta mañana.

—Podrá salir esta noche…

—No. Yo ya me esperaba esta tempestad, así que lo diré por milésima vez: no podía seguir sin tener en casa a alguien que supiera dirigir a los criados, cosa de la que yo no soy capaz. Fíjense en Feliciano. Se viste con la ropa de mi armario, se fuma mis puros, hojea mis revistas ¡y se sirve de mi monedero mucho mejor que yo! Los demás, por su parte, roban lo que pueden y dejan el trabajo mal hecho, como de favor… Además, quiero tener a mi hija sentada a mi mesa, al menos una vez por semana, y no podía dejarla sola entre hombres, ¡y qué hombres! ¡Estarán de acuerdo conmigo en que no es mucho pedir!

—¡En absoluto! Si hubieras hecho eso mismo, pero con una gobernanta respetable, de cierta edad y con buenas referencias… Te conozco y sé que nunca pondrías a mi nieta en contacto con una… —Aquí a la baronesa le tembló el mentón, por lo que concluyó, sofocada—: ¡Pobre hija mía!

Se extendió un silencio incómodo. El barón lo interrumpió:

—¡Bueno, bueno! Pues ya está decidido: los sábados Gloria visitará a su padre. Es lo justo…

—¿Es bonita esa joven, papá? —preguntó Gloria.

La baronesa miró al yerno con curiosidad.

—No lo sé… Solo he hablado una vez con ella, y llevaba la cara tapada por un velo bordado, muy espeso. Pero no me pareció bella, aunque tampoco me importa. En cuanto a las referencias, mamá, me las dio, y buenas. El padre Assunção ha estado informándose al respecto y son todas excelentes. Está claro que no contrataría con ligereza a una mujer a quien, aunque solo sea por unas horas, tendré que confiarle a mi hija.

—Preferiría que desmantelaras la casa y vinieras a vivir con nosotros... No sé ni qué pensar de que una mujer extraña ocupe el lugar de... mi hija...

—Pero mamá, ¡qué cosas! Piense usted que se trata de una mujer mercenaria, una asalariada, poco más que una criada, nada más que eso... El lugar de María es insustituible en mi corazón, bien lo sabe usted, mejor que nadie. En cuanto a vivir aquí, es absurdo; necesito vivir en la ciudad: mis negocios no me permiten este lujo del campo... Ahora solo le pido una cosa: considere mi decisión irrevocable y acéptela al menos durante un tiempo...

Gloria observaba la escena con mucha atención. El abuelo no se acordó de la conveniencia de alejarla hasta el final. Caldas, un poco cohibido, se limitaba a pelarse una naranja, guardando un silencio discreto, y no fue hasta después de cenar cuando pudo convencer al barón de vender sus tierras al ministro para la formación de la colonia suiza para la explotación de productos lácteos.

La baronesa se retiró a su cuarto, declarando una migraña repentina. Argemiro aprovechó el momento para conversar un poco con su hija.

—Escucha, mi amor, ¿por qué no cambias esos modales de muchacho? Ya estás mayor.

Ella se le abrazó del cuello con frenesí.

—¡Mira que me vas a estropear el cuello de la camisa! —dijo riendo—¿No me respondes?

—¡No sé!

—¿Te gustaría ir a comer conmigo todos los sábados?

—¡Claro! E iremos al teatro, ¿verdad, papá?

—Aún es pronto… Ya tendrás tiempo…

—¡Tengo unas ganas locas de ir al teatro!

—Irás…, irás, si te portas bien y obedeces a los abuelos… Tu abuelo se queja de que estudias poco… Eso no está bien.

—No me gusta estudiar; no me gusta y no quiero.

—¡No quiero! ¡No quiero! Pero bueno, ¿te parece que esa es manera de hablar?

—Sí. ¡Es que no quiero! ¡Si supieras lo aburrido que es estudiar, papá! ¡El otro día me enfadé tanto que hasta rasgué el libro!

—¡Cómo!

—¡Fue espantoso! Mira, esto es lo que pasó: el abuelito se acordó de llamarme justo cuando me iba al huerto a ayudar a Emilia a recoger judías…

—¿Es muy divertido recoger judías?

—¡Es más divertido que estar sentada al pie del abuelito, en la sala, con la pluma en la mano o el libro delante de los ojos! ¡Leía y pensaba en el huerto, escribía y pensaba en el huerto, hacía cuentas y no me quitaba el dichoso huerto de la cabeza…! El abuelito me regañó; no sé qué dijo y levantó la regla para pegarme… Entonces entró abuela, se enojó con el abuelo… Salieron los dos y me quedé sola…, un poco arrepentida… Quería estudiar… y abrí el libro, pero no sé qué tenía en los ojos, que no veía bien… Entonces, desesperada, lo rasgué…

—Lo que tenías en los ojos eran lágrimas, hija mía, lágrimas de remordimiento por haber respondido mal a tu abuelo, que te tanto te quiere, y por haber provocado un disgusto aún mayor…

—¡Ay, papá! —exclamó Gloria, arrojándose llorosa contra el pecho de Argemiro.

—Lo importante es que tienes buen corazón…

***

Durante el viaje de regreso, Argemiro y Caldas hablaron poco. Uno pensaba en la familia; el otro en los negocios. Ya casi al final, Argemiro se desahogó:

—Tengo que adoptar una resolución seria sobre mi hija. ¿Has visto cómo la están educando? El abuelo no sabe ser severo, la abuela la perjudica con su exceso de cariño y la niña crece llena de caprichos y según la ley de la naturaleza. Si digo lo del colegio, tiemblan de miedo; si hablo de traérmela conmigo…

—¿Estás loco? Tenerla contigo, ¿cómo? Mira que no quería ni podía intervenir en esa escena familiar, pero tu suegra tiene razón. ¡Qué diablos! ¿Una mujer, contratada por un anuncio, ocuparse de una niña que está exactamente en la edad más delicada de la mujer? Deja a la pequeña con los viejos y búscale una institutriz inglesa o alemana. Verás el milagro. ¡Cuánto os cuesta dar con lo más sencillo! Sois de un complicado…

—Puede que tengas razón…

—Forzosamente. Ya hemos llegado. Pásate mañana por la Cámara, a las dos; Teles va a dar rienda suelta al verbo. No faltes.

Argemiro llegó a casa muy cansado y entró en su habitación. Desde el principio le extrañó algo, si bien no pudo determinar el qué, aunque lo impresionó para bien. Al colgar la ropa en el galán de noche, vio que lo habían aliviado del gran peso de los trajes de cachemira, que Feliciano dejaba acumulándose semanas y semanas por la pereza de cepillarlos y guardarlos. Cuando se puso el batín, notó que le habían cosido un botón que le faltaba. Entonces pensó: «Realmente solo las mujeres saben gobernar bien una casa...».

Se sentó a la mesa a leer el periódico, pero la hoja se le cayó de las manos y su mirada se detuvo en un retrato de la mujer, apoyado en un caballetito de plata deslucida. La añoranza de la difunta revivía cada vez que volvía a ver a su hija; entonces la echaba de menos, poderosamente. ¡Si viviera! ¡Ay, si ella viviera, todo iría como la seda!

Argemiro levantó el retrato y lo contempló de cerca. ¡Cuántas veces había besado aquella frente ancha y pálida, enmarcada por cabellos rubios, que apenas se adivinaban en la fotografía! Qué lástima que Gloria no hubiera heredado la finura de aquellas facciones, tan bien delineadas, tan puras, ni la dulzura de aquel carácter, que solo los celos podían agitar. Pobre mujer celosa, ¡cuántas torturas había inventado para su martirio! Qué imaginación la suya para crear fantasmas de amores...

Argemiro cerró los ojos, dejó el retrato sobre la mesa y calculó: «Si siguiera viva, ahora tendría treinta y dos años... Tendríamos un montón de hijos..., un niño... ¡Cuánto deseé un niño!... Y María tendría otra educación... ¡Pobre hija mía, ella ha sido la sacrificada!

CAPÍTULO 4

Un bello sábado, el barón de Cerro Alegre trajo a su nieta a la ciudad y fue a dejarla al despacho del padre, que ya la esperaba impaciente. El anciano no se demoró; lo horrorizaban las calles sofocantes y las feas salas de los despachos. Incluso se mostraba con prisa por terminar el encargo, temiendo ser cómplice en algún desastre que le sucediera a María, a quien veía rodeada de peligros siempre que salía de su finca. Sin embargo, no pudo contenerse y le hizo una recomendación al yerno:

—Se dice que hay por ahí muchas fiebres…, ¡hay que tener cuidado! La abuela pide que no dejes que María coma dulces en la pastelería. Puede abusar, es golosa…

—Vaya tranquilo; ¡y gracias!

Mientras Argemiro despachaba unos papeles, María ya se asomaba al balcón, ya le revolvía todo el despacho al padre.

Pero Argemiro también tenía prisa por atravesar las calles con su Gloriazinha de la mano, por lo que abrevió el trabajo. Salieron, y las recomendaciones de los pobres ancianos quedaron absolutamente olvidadas...

María da Gloria se aferró al padre, aturdida con el bullicio de las personas con las que se topaba; aquello la agitaba sin divertirla, pero poco a poco cada parada para una conversación de minutos, en la que los amigos del papá le besaban la mano como a una princesa, fue despertando en ella una extraña curiosidad por la vida urbanita, con su amalgama de atractivos. Quería verlo todo, retenía a Argemiro delante de los escaparates, enredaba por las tiendas y, como veía expuestas muchas cosas que nunca había tenido, se las exigía al padre, quien, dócil como la cera blanda, se lo iba comprando todo, feliz de contentar así a su María, solo suya en aquel bendito sábado.

Cuando llegaron a Laranjeiras, el padre enseguida subió a su cuarto y recomendó a Gloria que esperase en la sala a Alice Galba, a quien mandó llamar por medio de Feliciano para que fuera a recibir a la niña.

María se arrellanó en el sofá, aplastando contra la tapicería las amapolas de su sombrero «a la jardinera». La antipatía de la abuela le había suscitado una repugnancia instintiva por esa intrusa, como llamaban allí en casa a la gobernanta de Laranjeiras. Ay, pero Gloria tenía un plan, no dejaría que la otra se tomase confianzas con ella. ¡Una asalariada, una mercenaria!

Y se daba aires de gran dama, muy estirada sobre los cojines de felpa, con una expresión de desprecio afeándole la boca y las facciones rosadas, de niña. En realidad, aquella actitud no le era agradable, el sombrero sobre todo la molestaba mortalmente y sentía que se le clavaba en la espalda, como un castigo, la punta de un alfiler. Soportó el sacrificio heroicamente hasta que vio entrar en la sala, con el ademán más sencillo y confiado del mundo, a una joven, ni guapa ni fea, vestida de gris, con mandilito negro y una manojo de llaves colgado a la cintura.

Gloria se enderezó más. Alice se acercó a ella con una sonrisa y le tendió las manos, dos manos muy blancas y largas. Gloria se levantó, sin dignarse tocarlas, y dijo con aspereza:

—Quiero ver mi habitación.

Alice la contempló con tristeza y curiosidad; luego, dándole la espalda, respondió:

—Sígueme...

Cruzaron el pasillo, subieron por una escalera y entraron en un cuarto revestido de azul, con ventanas abiertas a ambos lados al barrio de Silvestre y dos camas blancas.

—¡¿Es esta?!

—Esta es.

—¿De quién es esta cama?

—Tuya.

—¿Y esa?

—Mía.

—Quiero dormir sola; no soy miedosa. Prepárame otra habitación para mí. ¡Ahora, quítame el sombrero!

Gloria se sentó en la cama con brusquedad. Alice le quitó el sombrero y le arregló el cabello. La niña fue al espejo, se vio bien peinada y en el fondo de su conciencia admitió que nunca había sentido posarse en su cabeza manos más hábiles. Volviéndose, miró a Alice de arriba abajo y preguntó:

—¿Cuántos años tienes?

—Veintitrés.

—Pareces mayor.

Alice sonrió.

—Yo tengo doce...

—Pareces menor...

—¡¿Cómo?! Todo el mundo dice que parezco una mujercita. ¿Eres miope?

—Pareces menor en juicio, amiguita, y sé muy bien por qué te lo digo... No seas mala..., ve a lavarte las manos; tu padre te espera para cenar. ¿No oyes la campanilla? Es la señal...

Gloria temblaba, sin acertar a dar respuesta a semejante afrenta. Después soltó en un arrebato:

—¡Eres muy maleducada!

Alice se apoyó en el cabecero de la cama y cerró los ojos.

—Ya lo dice la abuelita: ¡no eres más que una mujer del periódico!

—¿Cómo?

Gloria no respondió y echó a correr, riéndose a carcajada limpia, hasta la mesa de la cena. Argemiro la esperaba con los brazos abiertos.

—¡Ah! ¡Cuánto bien en el corazón me hace tu alegría! Siéntate aquí y cuéntame: ¿por qué te ríes tanto?

—Por nada... ¡Sin más!

—¡Sin más! ¡Qué maravilla reír sin más! ¡Cómo necesito tu inocencia cerca de mí! ¡Ríe siempre, mi amor!... Mira la servilleta... ¿Estás contenta...? Aquí tienes tu panecillo... Es la primera vez que cenas solita con tu padre..., ¿qué te parece? Mira la sopita..., ¿está a tu gusto?

—No quiero sopa.

—¿No tienes apetito?

—No me gusta la sopa.

—¡Ah, aquí a uno le tiene que gustar de todo, señorita! Una persona educada nunca dice a la mesa: «No me gusta esto, no me gusta lo otro...». Tómate la sopita... Y dime, ¿qué te ha parecido doña Alice?

—Horrenda.

Feliciano sonrió; sonrió con tanta indiscreción que Argemiro lo reprendió con la mirada.

—Sé buena, que es lo que se espera de ti... Debes tratarla con delicadeza y ser amable, ¿me oyes? Si te tengo hoy aquí es gracias a ella... ¿Quieres vino? Muy poquito..., con agua..., así... ¡Ay, Gloria mía! Ojalá te viera ya mayor y haciéndote definitivamente cargo de todo esto, para tenerte siempre aquí... ¡Siempre!

Gloria, que había rechazado la sopa, comía ahora con satisfacción. El padre, contento, se complacía viéndola.

La mesa estaba bien puesta; desde que Alice había entrado en la casa, no faltaban flores y frutas a la hora de la cena. Gloria, confundiendo la elegancia con el lujo, exclamó:

—¡Qué mesa tan magnífica, papá!

—Si hubieras venido a cenar conmigo antes de que llegase doña Alice, no dirías eso aunque en la mesa estuvieran las mismas porcelanas y los mismos cubiertos. Fíjate bien, hija mía, en que el arte y el gusto dan a las cosas más simples un aspecto de confort y alegría muy agradables para la vida. Mi mesa era triste... ¡y ahora es así!

Feliciano frunció el ceño, malhumorado. Gloria confesó:

—Allí en casa solo se ponen flores en la mesa los días de visita...

—Porque tu abuela es una señora anciana y cansada. Ahora te corresponde a ti esa tarea. Pídele a doña Alice que te enseñe. Ella parece ducha en el arte de hacer buqués. Fíjate en ese…

—¡Quién no va a saber!

—¿Crees que es fácil?

—Estoy segura.

—Entonces te encargarás de preparar un ramillete todos los días para la mesa de tu abuelo…

—No se hable más.

Argemiro no cesaba de mirar a su hija con un embelesamiento de enamorado, muy solícito en servirla, animándola a que se expresara, con alegría juvenil. Ella notaba la adoración y se aprovechaba, ora riendo, ora frunciendo la naricilla ante los platos que Feliciano le presentaba.

Entre las piezas de la vajilla figuraba en la mesa de la cena ese día un candelabro de plata mate, que Argemiro reconoció con dificultad de tanto tiempo como aquel objeto había pasado arrumbado en el fondo oscuro de un armario. ¡La verdad era que Alice se había esmerado en adornar la mesa! ¿Sería un homenaje a esa cena festiva, de tan solo dos cubiertos, para un hombre casi viejo y una niña casi mujer?

Cuando Feliciano ofreció a Gloria un pedazo de conejo asado, esta exclamó, golpeando con la punta del tenedor en la mesa:

—¡Don Fuas se murió, papá!

Argemiro la miró con pasmo, pero enseguida rompió a reír ante la expresión de seriedad casi cómica de la hija.

—¿Tu gato?

—Mi conejo blanco… Todas las mañanas, cuando me levantaba, lo primero que hacía era correr al corral de los animales… Don Fuas me conocía y venía a mí… Siempre le llevaba un montón de col y me gustaba verle el hociquito mueve que te mueve, masticando la verdura… Ayer bajé, ¡y don Fuas no estaba! Busca por aquí, busca por allá, y al final lo encontramos al pobre debajo del palo borracho, todo estiradito, y aún más blanco que de costumbre, porque estaba cubierto de las fibras del árbol… Así que Emilia y yo cavamos un hoyo, forramos el hueco con fibras limpitas y pusimos allí a don Fuas; volvimos a cubrirlo con más fibras, luego con tierra, y ya.

—¿Lloraste?

— … Sí…, ¡pero el abuelo me prometió otro!

—¡A la salud del otro que ha de venir y te consolará!

Argemiro bebió con convicción en honor al conejo, como si lo hiciese al de un personaje ilustre. ¡Cómo le gustaba y le era grato todo lo que alegrase la vida de su Gloriazinha!

La escuchaba con tal interés que la llama infantil de sus ojos le despertaba también en el alma curiosidades de niño. Eran dos criaturas a la mesa, aquella mesa que Alice había vestido como para una pareja.

Luego pasaron a discutir las cualidades de sus animales favoritos.

Argemiro elogió a los gatos. A Gloria le repelían; ¡prefería los perros, y los perros de presa, que mordiesen a los demás y la adorasen a ella! Confesó estar deseosa de ver leones y elefantes. Contó que un jaguar, escapado del jardín zoológico, había estado rondando la finca; pero que, ¡figúrese el padre qué rareza!, ella solo se acordaba de haber tenido miedo de la fiera en el momento de irse a la cama, cuando estaba toda la casa cerrada… De día no; corría por la huerta, por el pomar… ¡Pero por la noche…!

—¿Eres miedosa?

Ella le indicó con una mirada la presencia de Feliciano.

«¡Qué mujercita!», pensó Argemiro, y se rio. Aunque le habría gustado, no podía prolongar más la cena; Gloria ardía de impaciencia, había comido muy rápido con idea de andar luego por toda la casa, su casa, que dentro de pocos años ella gobernaría… Y volvió a lanzar una mirada de dominio a su alrededor.

—Bueno, mi amor, da una vuelta por la casa y luego haz compañía a doña Alice…

—Está cenando —informó Feliciano.

—¿Cena en la cocina? —preguntó Gloria, con toda la naturalidad del mundo.

—No, hija; ella tiene su mesa.

—Entonces, ¿aquí cada criado tiene su mesa? Allí en casa…

Feliciano se rio. Argemiro la interrumpió:

—No digas más. Doña Alice no es una criada; aquí representa a la señora de la casa.

—¿Igual que si fuera mamá?

Feliciano miró de reojo a su patrón.

—Tal cual, no: baste decir que a doña Alice no la veo nunca y que siempre estaba al lado de tu madre, pero en cuanto a mantener el orden en casa y dirigirla es como si lo fuera.

Los celos de la abuela relampagueaban ahora en los ojos de la nieta. Gloria miraba al padre con actitud desafiante. Toda ella se había crecido en un instante como si la rabia la hinchara; pero, en el momento en que iba a formular una protesta, que le costaba articular, el padre Assunção entró en la sala, risueño, dando las buenas noches a todos.

Argemiro despegó lentamente los ojos de su hija y por un instante se quedó ajeno a todo, sin responder al saludo de su amigo.

—¿Qué te pasa? —le preguntó el sacerdote, que le posó la mano abierta en el hombro después de haber abrazado a la niña.

—Nada… Llegas en buen momento, ven a mi despacho. Gloria, ve a tocar un poco; prueba el piano mientras doña Alice acaba de cenar.

—¡No la necesito…! —rezongó la niña, dirigiéndose a la sala.

—¿Has oído? «¡No la necesito!». La prevención de mi suegra ha suscitado en el espíritu de mi hija una antipatía horrible por esta pobre joven que tengo en casa y que ninguno de nosotros todavía conoce en realidad. Ya ves, necesito una mujer en casa, precisamente para poder hacer que venga mi hija y disfrutar, aunque sea de vez en cuando, de su compañía; y me viene la niña llena de amargura y prejuicios contra la única persona a quien puedo confiársela. ¿Cómo es posible?

—Tendrás que conseguir que se aprecien.

—Pero ¡¿cómo?! Sin convivencia y con malas insinuaciones… no hay amistad posible. ¡Mi hija tiene celos! Heredó el tormento de la madre, que tan bien conociste, y el único defecto de la abuela…; es decir, ambas heredaron de ella el mismo sentimiento, ¡porque solo tienen celos conmigo! Mi suegra confiesa no haber tenido nunca celos del marido y, sin embargo, no doy un paso sin sentir su vigilancia. El alma de la hija parece haberse encarnado en ella, y acaso sea esa la atracción poderosa que me llama hacia su presencia…, pero ese exceso de celos me estropeará a la pequeña… ¡No te imaginas el gesto de repulsa que mostraba en el momento en que entraste, solo porque halagaba a la gobernanta! ¡¿Ahora qué hago?!

—Ahora te vas un par de horas y yo me quedo con nuestra María y esa señorita. Quiero verlas juntas; no haces bien dejando a tu hija, muy salvaje pero muy inocente, en brazos de una persona que no conoces... Conviene estudiarla...

—¡Pero, hombre de Dios! ¿No fuiste tú quien me trajo las mejores referencias de la tal señorita?

—Sí..., me dijeron que es una joven honesta..., de buena familia..., pobre..., con una salud de hierro... Eso es lo que me han dicho, pero ¿es suficiente? Para gobernar a tus criados, sí; para recibir a María y convivir, aunque sea unas horas, con ella... ¡no!

—En tal caso, volvemos a lo mismo. Despido a la pobre mujer y nunca más vuelvo a tener a mi hija en casa, conmigo, solo conmigo, libre por un momento de aquella atmósfera de la finca, que la tiene tan malcriada..., tan fastidiosa y hasta antipática. Se acabó.

—No se ha acabado nada; todo empieza ahora. ¡Siempre te has dejado llevar por la impaciencia, hombre! Es hora de corregirse. Vete a pasear. Dicen que hay cosas bonitas por los teatros...; resígnate a perder algo de tu tiempo en ir a ver cualquiera de ellas... Ahí tienes el periódico, elige.

—No estoy de humor...

—Yo iría a un espectáculo de magia. Cuentan maravillas de este: *El hada azul*...

—¡Mira que eres inocente!

—Soy sacerdote...; si no te divierte el ilusionismo, ve a otra parte, ¡pero ve! ¡Qué diablos! ¡Te ofrezco una sugerencia estupenda y aún vacilas!

—Te vas a aburrir...

—Menos que tú...

—Es posible…

—Seguro. Ahí tienes el sombrero… ¿Quieres que te busque el bastón?

—¿Te parece que estoy esperando a que me pegues con él en el lomo para salir?

—Ya lo había pensado…

—Si no fueses cura…

—No podría cuidar de tu hija con tanto interés…

—¡¿Por qué?!

—Porque probablemente estaría cuidando de la mía…

Argemiro alzó la vista al padre Assunção con una puntita de asombro y apenas percibió en sus labios finos un hilo sutil de irónica amargura.

—Está bien; te cedo por unos instantes mi lugar ¡y ya me dirás después si merece la pena la soledad a la que te condenaste…!

El padre Assunção bajó a la sala donde María arañaba el teclado con furia de gata salvaje. Se apoyó en el piano mientras oía las disonancias de la niña, en la que sentía un vago perfume de añoranza materna. ¡Qué diferente había sido la madre, toda gracia y delicadeza, de lo que ahora era la hija! En la penumbra de la sala reconstruyó el contorno garboso y fino, que las guedejas rubias iluminaban con una luz suave, de sol de primavera.

Qué hermosa la había visto en esa misma estancia y a esa misma hora…

María se levantó con ímpetu. El padre Assunção la atrajo hacia sí y le besó la cabeza con infinita ternura.

—Está usted trémulo. ¿Dónde está papá?

—Tu padre ha salido. Manda encender el gas de la salita e invita a doña Alice a pasar la velada con nosotros.

—No me gusta…

—¿Por qué?

—No lo sé… ¿y a usted?

—A mí me gusta todo el mundo, hija mía…; unos más… y otros menos, pero no quiero mal a nadie. Ve a pedirle a doña Alice, con muy buenos modos, que nos haga el favor de su compañía durante unas dos horas…

—¿Papa ha ido al teatro?

—No.

—¿Adónde ha ido?

—No lo sé… Puede que sí haya ido al teatro…

—¡¿Sin mí?!

—Sin ti.

—¡Qué insolencia!

—¡¿Cómo?! Ay, María, necesitamos controlar ese genio… No me gusta que seas así… Haz lo que te he dicho, anda.

—Primero vamos a la ventana.

—No. Ve a llamar a doña Alice.

—¡Es muy antipática, muy fea!

—En cualquier caso, quiero conocerla.

—¡Ah, si es solo para eso! ¡Es una bruja!

María comprendió, de refilón, que había una intención oculta en aquella insistencia y, movida por la curiosidad, acabó por ceder a la orden del sacerdote.

Y la velada transcurrió tranquila. Alice trajo su cestillo de labor y un libro de relatos, poco confiada en sus méritos de conversadora.

Al ver que María se impacientaba, le propuso enseñarle un punto fácil de ganchillo con la lana que prefiriese. María rechazó el ofrecimiento, pero por consejo del cura acabó aceptando. Detestaba las labores de aguja, que le resultaban difíciles de entender. Alice tenía el don de explicar todo con tanta sencillez y claridad que la inteligencia más rebelde se esclarecía ante sus palabras limpias y persistentes. María se interesó al fin, tentada por una madeja de lana roja; y ora viendo, ora tratando de hacerlo, guiada por las manos pacientes y ágiles de la joven, logró aprender no solo ese punto sino otro más complejo.

—Es usted paciente. ¿Le gustan los niños?

—¡Mucho!

—¿Tiene hermanas pequeñas?

Alice miró al padre Assunção con aire de reproche. ¿Para qué interrogarla, en aquel momento inoportuno, recordándole la añoranza de la familia ausente o perdida?

Eso fue lo que el sacerdote pareció advertir en el semblante de la joven. Sin embargo, Alice dijo:

—Tuve una…

Como Gloria se aturulló, le quitó la labor de las manos y avanzó un poco para inspirar a la niña.

—Fíjate bien; mira… una vuelta…, otra vuelta… Voy muy despacio… ¿Entiendes cómo se hace?

María le arrancó con impaciencia la aguja y el ovillo de las manos, ansiosa por hacerlo ella sola. El cura la reprendió; Alice sonrió.

—Déjela…, ¡son todas así!

«Desde luego, esta muchacha no es una muchacha vulgar», pensaba para sí Assunção, mirándola. Había en su vestido pobre, de lana barata, una elegancia reservada y distinguida. El cabello, sin rizados, de un castaño oscuro, le despejaba la frente clara, enroscado en un peinado de gracia discreta. Las manos, bien cuidadas, largas y pálidas, trazaban los gestos con la firmeza de quien conoce su valor; y su voz, un poco grave, tenía la dulzura de una queja disfrazada. Las facciones corrientes no le conferían ningún rasgo característico, y el padre Assunção se impuso penitencias, para castigar su vanidad, ¡por haber supuesto que tras convivir durante dos horas podría conocer bien a una mujer! Comenzaba a tener miedo de simpatizar con ella y que ese sentimiento le impidiera más tarde llevar a cabo acciones imprescindibles para la salvación de su amigo y de María…

Conversaron los tres durante toda la velada. Y al final, ¿cuál fue el resultado de tantas palabras dichas y oídas? Ninguno…; la sola beneficiada fue Gloria, que aprendió a hacer ganchillo e incluso acabó de buenas a primeras dueña de la aguja y la madeja de lana.

CAPÍTULO 5

Argemiro oía a un cliente en su despacho de la Rua da Quitanda. La causa era fútil; el hombre, a quien se le escapaba una palabra tras otra, se expresaba mal. El abogado lo dejaba hablar, contemplando en silencio los ramilletes azules del empapelado barato, como pidiéndole a las paredes cochambrosas la paciencia de la que debían estar impregnadas.

Efectivamente, la casa entera, en la que la termita voraz trabajaba en colaboración con médicos especialistas, abogados y procuradores, parecía curvarse bajo el peso de la sabiduría y la malicia.

Por la noche, cerrados despachos y cubículos, los ratones, paseando por aquellos corredores y cuartos desiertos, comentarían las argucias, las mentiras y los secretos con los que la ciencia transfigura la verdad y unos hombres engañan a otros... Y no serían pocos los ratones, porque en ocasiones, incluso a plena luz del mediodía, asomaba de cualquier rincón oscuro el hociquillo puntiagudo de uno de los roedores más curiosos, como queriendo enterarse de lo que pasaba, y su olor nauseabundo flotaba en la casa, desde la entrada hasta el fondo, llenándola como un alma.

El cliente de Argemiro volvía al principio de su exposición; temía haber olvidado algún detalle precioso y la consulta era cara… Fue en uno de estos momentos de repetición cuando el criado le presentó al abogado la tarjeta de la señora Pedrosa.

—¡La mujer del ministro!

Argemiro se abotonó el chaleco de fustán y prometió al hombrecillo que haría todo por él, pero ¡que se marchase…!

El otro se apresuró con las últimas preguntas y concertó una nueva entrevista.

A través de la media pared de tabique se oía, en la sala contigua, el frufrú de las sedas sofocadas entre lanas y un susurro de voces femeninas. Conque la de Pedrosa no había acudido sola… Argemiro no la había vuelto a ver desde la noche en que había ido a felicitar a su marido por el nombramiento. ¿Qué la traería por allí?

El aroma a Bouton d'or se introducía por las rendijas de las puertas, invadiéndolo todo, soberano.

Argemiro consideró aquel olor muy indiscreto, pero le gustó.

Al fin y al cabo, era la señora Pedrosa… Aunque ¿con quién estaba en su despacho la mujer del ministro…? Argemiro se arregló el nudo de la corbata y fue a recibirla a la puerta. Esta entró enseguida con mirada de reproche, el busto envarado y una sonrisa amistosa en la boca sin color. Detrás de ella venía la hija, muy recta, más alta que la madre, con un airecillo petulante en el rostro claro, de facciones menudas.

—¡Qué malo es usted! ¿Conque hay que venir aquí para verlo?

—¡Ay, señora mía!

—No se disculpe ni me agradezca la visita.

Entonces rompió a hablar, quejándose de que el marido no tenía ni un minuto de descanso que le permitiera ocuparse de sus asuntos personales, viéndose ella en la necesidad de intervenir, como hacía ahora, a regañadientes… Había venido a consultar al abogado y al amigo…

Argemiro le dio las gracias.

Mientras la de Pedrosa revolvía en el bolsito de gamuza, buscando un documento cualquiera, el abogado miró a Sinhá,[8] que no apartaba la vista de él con una expresión perturbadora, de mujer amorosa.

«¡Diablos!», pensó para sí.

La consulta no era sino un pretexto. El asunto no precisaba de la intervención del abogado; sin embargo, a la de Pedrosa parecía no importarle parecer estúpida: repetía las preguntas con una dificultad de comprensión que daba tiempo a la hija a echar el alma por los ojos.

No obstante, el corazón del viudo parecía cerrado con siete llaves y duro como una piedra. Sinhá se levantó, dio una vuelta por el despacho, rio, habló, interrumpió a la madre y a continuación se sentó más cerca de Argemiro, dejando caer contra su rodilla, como por descuido, su hermosa sombrilla de seda y encaje blanco.

Como el tema de la consulta ya no daba más de sí, la de Pedrosa abrió atropelladamente otras puertas: los últimos recitales del Lírico, la cena del presidente, la boda

---

[8] N. de la Trad.: En portugués brasileño, *sinhá*, deformación de *senhora*, era una forma de tratamiento usada por los esclavos para designar a su señora o patrona, aunque aquí la autora lo emplea como nombre propio.

de Ángelo Barros… ¡Aquel Ángelo que también afirmaba haber jurado que se quedaría solterón!

Y, por cierto, le preguntó la de Pedrosa a Argemiro, a ver cuándo podría asistir a la suya…

—Yo ya me casé, señora mía…

—Eso ya lo sabemos; pero ser viudo es como estar soltero…

—Estoy viejo…

—Desde luego que no; la verdad es que conozco a más de una joven hermosa que sería feliz si la escogiese… Mire, en la fiesta de la presentación de Sinhá hubo una que quedó prendada de usted.

Madre e hija intercambiaron una mirada y rieron en voz alta. Después, la de Pedrosa continuó:

—Es raro que el hombre que enviuda no vuelva a casarse, lo que constituye la mejor prueba en favor de las mujeres… ¿Por qué iba a ser su corazón más insensible que el de los demás? Además, un segundo matrimonio es un homenaje al primero… Solo buscamos repetir los actos que nos traen felicidad…

—No digo que no, pero mi corazón es pequeño para la añoranza que siento. Está enteramente ocupado por mi difunta…

Sinhá se llevó el pañuelo a la cara y una nube de Bouton d'or se extendió por el feo cuarto del despacho. Argemiro advirtió el movimiento y se deleitó con el aroma. ¿Qué significaría aquel gesto? ¿Enjugaría el pañuelo una lágrima u ocultaría una sonrisa? ¿Realmente lo amaría la chiquilla o simplemente aquellas mujeres lo preferían por ser un marido de buena posición? ¿Debería sentir pena o debería sentir asco?

¡Ah! La pobre Sinhá acaso no tuviera la culpa; quien era odiosa era la madre, que venía a provocarlo así a su lugar de trabajo, arrastrando por los escalones podridos de aquella casa de hombres a su hija soltera, ¡apenas salida del colegio! Pero la verdad era que la mirada de la pequeña lo perturbaba, más por su expresión que por su fijeza. ¿Obedecería a la sugerencia de la madre o actuaría la madre en respuesta a una súplica de la hija? Argemiro, a pesar de sentirse halagado en su vanidad de hombre, comenzó a desear que se marcharan, pero la de Pedrosa no parecía tener prisa y se adentró por la senda de la política igual que había hecho por la del amor.

Dio en la diana de la fascinación. Estaba bien informada; Argemiro aguzó los oídos curiosos y se inclinó en la silla para escucharla más de cerca. La mujer era indiscreta por tratarse de él... Le pidió que mantuviera en secreto algunas afirmaciones, mostrándose de vez en cuando en desacuerdo con las acciones del marido...

—Pedrosa se muere por servirle a usted con cualquier cosa... Mire a ver si se inventa algún favor y así lo complace... —concluyó ella, levantándose con un atisbo malintencionado en los ojos inteligentes.

Sinhá la imitó, rota de languidez, como desanimada...

Argemiro la miró a la cara; ella bajó los ojos, ruborizándose. Estaba hermosa.

—Recibimos los viernes y Sinhá tiene unas amigas recientes que desean conocerlo... Anda usted muy arisco, pero no solo de nostalgia vive el hombre..., hay que distraerse y ser amigo de sus amigos. ¿Hasta el viernes?

—Hasta el viernes.

Las mujeres salieron y, durante unos minutos aún, vagó su aroma por la atmósfera. Argemiro se puso a revolver entre sus papeles, pensando:

«¡Y que haya quien se casa así, pescado, pescado como un pez! ¿No sería más digno que la de Pedrosa me viniera y me dijera: mi hija lo ama desde la primera vez que lo vio; usted me conviene para yerno, ¿quiere casarse con ella?».

Él mismo se rio de la idea. Esa inocencia de costumbres solo se le pasaría por la cabeza a un loco y, además, lo pondría en una situación embarazosa. ¿Qué le respondería a la pobrecilla?

En fin, tal vez todo fuera veleidad suya. Su cabellera comenzaba a entreverarse de blanco y Sinhá debía de tener ideales juveniles... Sin duda serían imaginaciones suyas... No iban a faltarle a ella, joven y bonita, buenos partidos. Sin embargo...

Se apoderó de él una dulce tristeza. ¡No podría amar nunca más! ¿Nunca más? ¿Había sido tanto el encanto de su María que ninguna otra mujer tendría jamás el poder de emocionarlo?

¡Ninguna! Ella perduraba en su espíritu como la suma de todas las perfecciones. Su figura esbelta y blanca, que la cabellera aureolaba de oro pálido, se había plantado en su corazón como un centinela dispuesto a rechazar la invasión de cualquier sentimiento amoroso, por ligero y sutil que fuera.

El ordenanza volvió, anunciando un nuevo cliente.

En sus madrigueras, los ratones hacían provisión de temas para los comentarios de la noche, durante sus paseos libres por salas y pasillos... y el nuevo consultor les proporcionaría material para extraer irónicas conclusiones: era un viejo que buscaba salvaguardar los derechos de su casa de juego, disfrazada de otra cosa, con la que expoliaba a incautos y viciosos. Argemiro lo derivó a un colega más ducho en la cuestión. El otro salió y él se puso a leer, esperando a Caldas para tratar un negocio de interés.

Razón tenían aquellas paredes para mostrarse desagradables y desaseadas.

CAPÍTULO 6

Era la primera vez que María da Gloria dormía fuera de casa desde que se la entregara a los abuelos. La baronesa se moría de impaciencia por tenerla de vuelta; a la tristeza de su ausencia se sumaba una preocupación que la enfermaba. ¿Qué le sucedería a su nietecita lejos de su cariño y su vigilancia? ¡Ay si volvía con fiebre! ¡Qué maldita idea la de sacar a la niña de allí para meterla en la ciudad toda una noche!

Pero María llegó alegre. Se apeó del coche de un salto con un gran paquete de pasteles en la mano. La baronesa le tendió los brazos con los ojos brillantes de alegría.

—¡Ven, mi amor! ¡Cuánto te he echado de menos! Pobrecita…

—¿Pobrecita por qué, abuelita? Estoy bien. ¡Me ha gustado mucho!

—Ah, que te ha gustado mucho… Así que no me has echado de menos…

—Sí, pero también me ha gustado. ¡Toma estos pasteles, son muy buenos!

—Yo también tengo un dulce guardado para ti.

—¿Dónde está?

—Luego… Escucha, cuéntame qué has hecho.

—He paseado con papá, he tocado, he jugado… Ya te lo he dicho: ¡me gustó mucho!

—Y…

—Y… ¡¿qué?!

—La tal…, la mujer esa ¿qué te ha parecido?

—¿Doña Alice? ¡Es tan buena! ¿Sabes? Ayer me enseñó a hacer ganchillo ¡y luego me regaló la aguja y el ovillo de lana!

—¡Vaya, menuda actividad, ganchillo! No me gusta. ¿Y es guapa o fea?

—¡Es guapa!

—Ah…

María se daba cuenta de que la abuela no estaba contenta; pero continuaba despertando su celos, con maldad.

—¿Ya te has bañado hoy…?

—Sí. Y doña Alice me peinó. El sábado volveré allí, ¿verdad, abuelita?

—¡¿Ya?! ¡Casi ni has llegado y ya andas pensando en volver!

—Doña Alice me lo pidió…

—¡Vaya con doña Alice!

La baronesa a duras penas retenía a la nieta entre los brazos. María tenía prisa por ir a ver los conejos y comprobar si le habían quitado un hermoso mango rosa al que había echado el ojo hacía días…

—¡Tranquila, chiquilla! ¡Mírame!

—Tengo prisa…

—Deja que te quite la cinta… Qué mal hecha llevas esta lazada… ¡No vas a ir con este vestido al patio! ¡Menudo peinado! ¡Se nota enseguida que esa mujer no tiene ni idea de cómo tratar con niños!

—¿Cómo que no? Es muy amable…

—Dime: ¿en qué habitación duerme?

—En la habitación azul…

—¡¿La del comedor?!

—No. Encima, aquella de la terracita.

—¡El gabinete de María! ¿Será posible? Una habitación tan bonita para una empleada… ¿Y tú, dónde dormiste?

—A su lado.

—¡¿En la misma cama?!

—No; en la misma habitación…

La baronesa suspiró. No había podido conciliar el sueño delante de la cama vacía de la nieta ¡y aquella niña ingrata, al lado de su enemiga, ni se había acordado de ella!

El propósito de la baronesa ahora sería alejar a María lo máximo posible de la idea de volver a la ciudad. Se la disputaría a la otra a sangre y fuego. La verdad era que María exageraba su simpatía por Alice al darse cuenta del disgusto de la abuela, igual que se deleitaba en torturar a Alice en ausencia de la baronesa…

A mitad de semana, Feliciano fue por orden de Argemiro a llevar una carta a la finca de los ancianos.

Gloria correteaba por la finca; el barón leía bajo el porche y la baronesa, a su lado, zurcía medias serenamente. El negro, petulante y bien vestido, le entregó la carta a la anciana, que fue la más rápida en extender la mano.

—Entonces, Feliciano, ¿cómo va todo por allí?

El negro sonrió, meneó la cabeza y se calló.

—¿Qué es? —indagó el barón.

—Una carta de Argemiro; ¡me pide que no me olvide de mandarle a María el sábado!

—Pues allí la llevaré.

—No puede ser. El domingo voy con ella a Tijuca; ya está decidido.

—¡A Tijuca! Pero ¡qué ideas se te ocurren!

—¡Es una idea como otra cualquiera! Siempre estoy como los caracoles, metida en casa, y cuando digo que voy a salir, el mundo se viene abajo.

—Me parece bien que salgas, pero ¡qué demonios! Ve a Tijuca otro día y deja que la pequeña vaya a ver a su padre el sábado, tal y como acordamos.

—Sábados hay muchos; este no podrá ir. Que venga él a cenar con nosotros el domingo. Yo voy a comer a Tijuca con mi nieta y volveré a casa a las cuatro. Es una promesa.

—Argemiro podría ofenderse…

—Que se ofenda. Yo necesito más a la nieta que él a la hija. Allí tiene otros consuelos…

Feliciano sonrió y asintió con la cabeza. El barón se levantó y fue al despacho a responder al yerno. Aun antes de que la baronesa le preguntara nada, Feliciano murmuró:

—Aquella casa ya no parece la misma… ¡Si usted lo viera! ¡Hasta me da pena de quien está en el cielo!… ¡Pobre de quien muere!

La baronesa reprimió el deseo de sonsacar al criado sobre lo que más deseaba y volvió a su labor, limitándose a decir:

—Entra, Feliciano; ve a tomar una taza de café.

—Gracias; ya merendé en casa antes de salir… a pesar de que ahora todo está contado…

—Eso es bueno. Los tiempos no están para despilfarros…

—Sí, pero se ahorra de un lado para gastarse del otro; al final, puede que para el patrón los gastos sean incluso mayores… Doña Alice tiene una tropa de parientes pobres… A nosotros a veces no nos llega el pan, pero no hay pelagatos que llamen a la puerta y a quien ella no regale lo bueno y lo mejor de la alacena. Hasta vino.

—¡Hasta vino! —exclamó sin darse cuenta la baronesa; luego, reprimiéndose, añadió—: La caridad la aconseja Dios…

—Pero debe empezar por casa… No le diga usted nada al patrón, porque ahora no es más que doña Alice en la tierra y Dios en el cielo.

—Ah…

—Ya sabe usted que siempre he sido un empleado de confianza, que ponía y disponía de todo como entendía; pues hoy no puedo mover un dedo sin que me pidan cuentas. ¡Ella, con sus maneras de santita, hace todo lo que se le pasa por la mollera! A mí no me gusta hablar, pero… hay ciertas cosas…; no estoy seguro, pero ayer me pareció ver que doña Alice llevaba en el pecho un alfiler…

La baronesa dejó la costura en las rodillas y alzó los ojos al negro.

—¿No recuerda usted un alfiler que a la amita le gustaba usar y que representaba una golondrina de pedrería?

La vieja se ruborizó hasta la raíz del cabello y abrió la boca como si le faltara el aire.

—¡No le diga nada al patrón, por el amor de Dios! No aseguro que… Podría ser otro alfiler… Es solo…

—¡Cállate!… ¡Es imposible que las cosas hayan llegado hasta ese punto!… ¡Ay! ¡Mi hija!

—Perdóneme…, pero creo que es mi deber…

—¡Ya hablaré yo con Argemiro!

—¡Por el amor de Dios! ¡Perdóneme! Deje que me asegure y luego le contaré toda la verdad… ¡Se lo juro por quien está en el cielo! Ahí viene su barón… ¡Tampoco le diga nada a él!

—¿Por qué no? ¡Estás loco! ¡Si no mientes, no tienes nada que temer!

—Es que me despedirán y ya no podré velar de cerca por sus intereses y los de doña Gloria…

La baronesa dejó de escuchar las razones del negro y se desahogó a gritos ante el marido:

—¿Sabes lo que me ha dicho Feliciano? Que la tal doña Alice va pavoneándose con las joyas de nuestra hija, ¡joyas que solo puede lucir María! ¡Mira hasta dónde ha llegado aquello! ¡Y todavía quieren llevar allí a mi Gloria!… ¡Nunca más!

El barón se volvió furioso con el negro, quien, afligido, no hacía más que repetir:

—No estoy seguro… Me parece… ¡No digan nada, por el amor de Dios!

—¡Fuera de aquí! ¡Y no vuelvas, granuja! —le gritó el anciano, fuera de sí—. No queremos saber nada, ¿entendido? ¡Nada! ¡Largo!

La baronesa intervino a favor del joven, aconsejándole que callara, y al entregarle la respuesta escrita por su marido, añadió:

—¡Gloria no irá ni ese domingo ni ningún otro! ¡Tendrán que pasarse sin ella! ¡Era lo que faltaba!

Fue precisamente en ese instante cuando la niña, reparando en la presencia del criado del padre, llegó corriendo hasta él con un ramillete de rosas en la mano.

—¿Ya te vas, Feliciano?

—Sí, señorita.

—Bien; entonces, llévele estas rosas a doña Alice.

La baronesa hizo ademán de impedirlo, pero el barón la asió del brazo:

—Déjala.

—Mi pobre hija —exclamó la baronesa alzando la vista al cielo—. ¡No sé cómo voy a defenderte yo sola!

Y los ojos se le pusieron brillantes.

—¡Lágrimas, ya están aquí las lágrimas! Pero, querida, piensa que nuestra Gloria no ha ofendido en nada la memoria de la madre y recuerda también que, si fuera verdad lo que piensas, Argemiro es joven, no puede guardar la castidad de una doncella... ¿Qué más quieres? Amó a nuestra hija, la hizo feliz en vida y eso basta para que le estemos muy agradecidos.

—¡Menudo favor!

—Si viviera, tengo la certeza de que le sería fiel..., pero de ella ya no queda más que la memoria. Los hombres son distintos, no les exijas virtudes que no pueden tener... Las únicas almas inmaculadas son las de las madres.

—Para mí, María existe, ¡la siento tan viva en mi añoranza que traicionarla me parece una profanación!

—Exactamente, porque eres madre.

—¿No te parece también indignante que le dé las joyas de su mujer a una muchacha de malas costumbres y que se le metió en casa, precisamente la casa donde vivió María y que aún está llena de ella?

—Te lo parece a ti. ¡Él, el viudo, debe de haber sentido el aislamiento de aquella casa en la que ha vivido solo durante nueve años! Nueve años no son nueve días. Si hubiera sido otro… ¡Y además en Río de Janeiro, que es la tierra de la tentación!

—¡Defiendes a Argemiro!

—Lo entenderías y le darías la razón si…

—Si fuera hombre…

—O si no fueras la madre de María…

—¡María! Bien puedes creer que su presencia se me renueva cada día; a menudo siento su peso sobre las rodillas, o en los brazos, como cuando la acunaba… La veo desde pequeñita, ¿y te acuerdas de cuando andaba por ahí corriendo con su vestidito blanco y la cabellera suelta? ¡Qué guapa! Y después, ya de jovencita… Siempre, siempre, la tengo conmigo, ¡solo conmigo! A veces siento en los dedos la seda de sus cabellos finísimos y en la cara la dulzura de sus besos… Sé que es una ilusión, pero ¿quién nos dice que en el mundo no es todo ilusión?

»El alma perfecta y amorosa de María no se halla lejos de nosotros aunque esté en el cielo. Estoy convencida de ello.

—Un alma perfecta perdona todas las ofensas.

—Pero sufre. Imagina el dolor si, desde el otro mundo, ve al marido prender amorosamente sus joyas al pecho de otra mujer, ¡y qué mujer, una mercenaria! María era celosa… ¡Argemiro fue su único amor!

—Está bien; pero no creas que le ha dado las joyas de su mujer a la otra…

—Feliciano lo ha visto.

—Feliciano lo ha dicho por despecho.

—¡Cuando quieres, eres ciego y sordo!

—¡Todo el mundo debería serlo en ciertas ocasiones!

—En tu opinión, ¡tal vez debería callarme!

—Callarte y mandar a nuestra Gloria todos los sábados a visitar a su padre. Así lo quiere él y es él quien manda: que se haga su voluntad.

—¡Eso nunca! ¡Menuda falta de moralidad! Es mi deber velar por mi nieta.

—Argemiro es un hombre serio y quiere mucho a su hija.

—¿Y nosotros?

—Nosotros solo somos responsables de ella para con el padre.

—¡Y ante Dios!

—Dios... A propósito de Dios: en la carta le pedí a Argemiro que traiga el domingo a Assunção.

—Al padre Assunção... ¡Qué idea! ¿Y si hablamos con él?

—¿Sobre qué?

—Sobre las joyas... Él aconsejará a Argemiro e indagará al respecto... ¡si es que no le han sorbido también el seso!

El barón se rio.

—Haz lo que quieras; a ese respecto yo me lavo las manos.

La baronesa, decidida a actuar, se sintió súbitamente reanimada. Iría hasta el infierno por su idea. ¡Defendería, costara lo que costase, a su difunta hija!

Esa misma tarde telegrafió al sacerdote para que fuera a verla.

CAPÍTULO 7

El domingo había amanecido lluvioso; un buen día para darse a la pereza. Argemiro escribió a los suegros excusándose por no ir a verlos y decidió consagrar la mañana a los papeles en desorden. Había sido una suerte que Gloria no hubiera bajado.

Hacía un día tan feo…

La verdad, que él sentía y que penetraba por todos los poros de su piel, era que su casa nunca le había resultado tan grata. Había un nuevo confort, un aroma de malva o de huerto florido, una luz mejor, un aire mejor, en aquellos aposentos que Feliciano, cuando se encontraba solo, llenaba del olor de cigarrillos y puros. ¡Menudo fumador estaba hecho!

Ahora no; se notaba que el aire de aquellas habitaciones se había renovado, así como el ambiente purificado por los abundantes rosales del jardín.

Argemiro sintió esa mañana por primera vez cierta curiosidad por ver a Alice; sin embargo, no buscó excusas para hacerlo, convencido de que, si pasaba muchas horas en casa, forzosamente se toparía con ella por casualidad. Así, dejaba a esta, y de buen grado, la responsabilidad del encuentro. Además, la idea de la joven le traía a la memoria unos pobres botines torcidos…

Su gabinete relucía de puro limpio, olía bien, no necesitaba nada más.

Comenzó tranquilamente a leer los periódicos.

Estaba en mitad de un artículo cuando el padre Assunção llamó a la puerta.

—Pero bueno, ¡perezoso!

—Entra. ¡Ya ves! Tienes razón, ¡soy un perezoso! Y nunca tanto como ahora…; absuélveme y siéntate.

—Ya voy… ¡Caramba, qué silla tan bonita…!

—¿Qué silla? Hombre, es verdad… ¿Te puedes creer que hasta ahora no me había dado cuenta…? Ahora que me acuerdo, tenía la tela del respaldo deshilachada… ¿Este lirio lo habrá pintado doña Alice?

—Si no te lo ha puesto en la cuenta del tapicero…

—Puedo comprobarlo ahora mismo. Anoche recibí una libreta con la nota de los gastos del mes y… ¡pásmate, saldo a mi favor! ¿No decía yo que Feliciano era un pozo sin fondo? ¡Qué diferencia! No hay más que echar un vistazo. Tú, que eres más observador, fíjate: está todo luminoso, todo limpio, todo bien ordenado…, ¿no? Hay otra atmósfera en esta casa; estoy mejor aquí que en ninguna parte porque en todo me parece que ver el propósito de serme agradable. Abre ese cajón y verás lo bien organizada que está mi ropa blanca. ¡Un primor! Y lo que me deleita es sentir el alma de esta criatura que vive aquí bajo mi techo sin que nunca mis ojos la vean ni de reojo… Ella se esconde al tiempo que se extiende por toda la casa. ¡Es como una violeta, sin duda, no hay otra comparación! Este tipo de mujer estará agotada en la literatura, pero en la vida práctica tal vez nunca tuviera tan buena aplicación… Gloria, que es tan rebelde, ya ha aprendido alguna cosa con ella… ¡Hace ganchillo! Una cosa abominable, el ganchillo, pero bueno, es una habilidad… Debería haber tomado esta decisión tiempo atrás…

—Tal vez no hubiera venido esta mujer… ¿Otra también sería así?

—¡No! Ayer, por ejemplo, entré en casa una hora antes que de costumbre; cruzaba el jardín cuando oí acordes al piano, pero acordes armónicos, vibrados por dedos disciplinados, conscientes. Al oírme tocar el timbre, huyó de la sala y, cuando entré, con cierta curiosidad, lo confieso, encontré el piano abierto, pero la sala desierta… Así pues, esta mujer es una mujer educada; dibuja, ahí tienes ese lirio que lo demuestra; sabe música y escribe con caligrafía firme. Gloria tiene aquí una excelente compañera y mi casa un alma inteligente que le faltaba desde la muerte de María, quien, por lo demás, no era tan habilidosa… En fin; mientras me visto, echa un vistazo a esa libreta, ahí, en esa mesa…

—¿Para qué, amigo mío? Solo a ti te compete hacerlo. No entiendo de números. Incluso de almas, a pesar de haberme consagrado a ellas, cada vez entiendo menos… Estoy hecho un gran ignorante.

—¿Te quedas a almorzar conmigo? Sí, y así verás lo que es una mesa bien puesta; siempre con flores y frutas. Esta mujer debe de haberse criado con lujos. Noto que le gustan los encajes… En fin, ¡estoy contento!

—Lo siento.

—¿Cómo?

—Que lo siento.

—¡Estás loco!

—No.

—Explícate. ¡Ah! Ya lo sé. ¿Tal vez creas que estoy enamorado? ¡Ojalá fuera así, Assunçāo! No sé qué elixir misterioso me dio mi pobre María, que no me deja amar a nadie más... Si fuera espiritista, lo explicaría diciéndote que la siento a mi alrededor y que se interpone incluso entre mis besos más frívolos. Pero sabes que no soy espiritista ni religioso. Lo que me complace en esta situación es sentir a mi alrededor la influencia de una mujer joven, pero sin verla nunca. Me gustan el silencio y el orden, y su presencia me perturbaría; de este modo, preside mi casa y es para mí como un ser inmaterial, que no me impone el fastidio de los cumplidos, mientras vivo rodeado de comodidades, pudiendo conservar mi impasibilidad. No creas que me sería posible amar a otra mujer como amé a la mía... ¡Sus celos crearon tantos fantasmas que yo mismo acabé por temerlos!

—Pues fue para espantar uno de esos fantasmas para lo que tu suegra me llamó ayer. Cené allí arriba.

—¿Sí? ¿Y Gloria? ¿Cómo la viste?

—Perfecta; es decir, perfecta en lo físico. Parece una manzana madura. ¡Hasta la piel le huele a fruta! Pero escucha: la baronesa, como todo el mundo menos yo, se teme que sientas por tu gobernanta una adoración menos espiritual.

—¡Ya estaban tardando los celos! ¡María vive en aquel corazón como en el mío!

—Celebro que la entiendas y la disculpes, pero ¿qué piensas hacer?

—Nada. Dile que no hay absolutamente ninguna relación entre esa pobre joven (a la que conoces mucho mejor que yo) y el viudo de su hija...

—Ya se lo he dicho.

—¿Y entonces?

—No se conformó...

—¿Crees, pues, que debo despedir a esta mujer, que me hace la vida agradable, fácil y buena, solo por un capricho de mi suegra?

—Así lo creo.

—¡Caray! ¡Eso es llevar muy lejos mi afecto filial!

—Es una medida de prudencia...

—Pero si ya te he dicho que estamos en la misma casa y es como si viviéramos a cien leguas el uno del otro. ¿De qué color son sus ojos? Ni lo sé. Dile a mi suegra que haré todo por ella menos eso... En el gobierno de mi casa nadie tiene por qué meterse. ¡Nadie! Lee la libreta, que es mejor. Comprueba cómo está todo en orden, bien puesto... ¡Ni un contable!

—No digo que no. Mañana tendré que ir a hablar con tu suegra sobre un puesto que he encontrado en el asilo para un niño protegido suyo. Me gustaría que vinieras conmigo. Hace tiempo que no apareces por allí. Ella te adora. Harás bien en tranquilizarla... Por el momento, basta con este asunto. Aún eres joven, Argemiro, y el tiempo obrará el milagro que deseas... Tenemos otra cuestión de interés: ¿quizá entre las joyas de tu mujer haya algún alfilerito, o broche, no sé bien cómo se llama, que puedas llevar a nuestra Gloria? Ella ha cumplido bien con sus lecciones, según me ha dicho el abuelo, y sería justo recompensarla. Para incentivarla, le prometí que le llevaría un recuerdo que hubiera pertenecido a la madre... Es sobre todo en ese corazón en el que uno debe cultivar su adoración… ¿Te molesta la idea?

—¿No será pronto para regalarle joyas a la niña?

—Según sea la joya; a ver…, ¿dónde las tienes?

—En la caja fuerte. Espera…, o no, ven conmigo.

Entraron en un gabinete contiguo y, mientras Argemiro tomaba la llave de la caja fuerte, Assunção se estremeció ante la idea de poder verificar un robo…

Feliciano había visto en el pecho de Alice un alfiler de María…; lo había dicho la baronesa. Así pues, si faltaban las joyas…

Era una golondrina de piedras…

¡Señor! ¡Que una diminuta golondrina de piedras tuviera el poder de hacer temblar a un hombre!

La llave se introdujo en la puerta de la caja fuerte y Argemiro extrajo del interior una caja de satén blanco, amarillento, que llevó hasta la mesa.

—¡Cuánto tiempo hace que no miro entre todo esto! Me provoca añoranza… Elige tú…

—No… Elijamos juntos…

Argemiro abrió la caja y Assunção suspiró de alivio al ver relucir las piedras de los anillos y brazaletes.

—María tenía muchas joyas… Le gustaban los brillantes … Y Gloria, por el momento, aún no puede usarlos… —dijo Argemiro.

Los collares, broches y pulseras iban saliendo de la caja, con la mayor atención, en un silencio conmovido.

¿Cuántas veces su dueña les había sonreído y deslumbrado en medio de aquellos adornos?

Una estrella no brillaba tanto como su cabellera de oro coronada por aquella diadema… Los anillos le hacían extrañar de sus deditos pálidos y dulces.

De repente, Assunção exclamó con júbilo:

—¡Este!

—¿Este? También es de brillantes...

—Son unos diamantitos modestos. Y, además, representa un pajarillo inocente, símbolo de la primavera... Llévale esta golondrina y pónsela tú mismo en el pecho a tu hija, en nombre de su madre...

—Pero ¿qué te pasa? ¡Estás trémulo, con los ojos empañados!

—Abrázame, amigo mío. Yo también extraño a María... ¿Qué quieres que le haga?

—Eras su confesor... Y ahora, con franqueza, dime: un hombre que haya estado casado con un ángel como aquel, ¿puede jamás pensar en otra mujer?

—Puede; pensarás y serás feliz. ¿Quién sabe? ¡Acaso más!

Argemiro miraba al sacerdote con cierto asombro.

—Ahora cierra la caja y date prisa en asearte. Recuerda que estoy en ayunas y tengo hambre...

—Ve bajando... Estaré contigo dentro de un minuto.

Momentos después se sentaban a la mesa. Alice había preparado una cestita de flores y frutas, entrelazándolas con unas puntillas de encaje. Argemiro las señaló con el dedo:

—¿Te acuerdas de lo que te he dicho ahí arriba? Gustos refinados..., encajes..., flores...

El padre Assunção sonrió, asintió, desplegó la servilleta y comenzó:

—Un poco de política: tengo entendido que...

Un criado interrumpió la frase al ir a servirles los *hors d'oeuvre,* pero enseguida la charla se adentró con valentía por los laberintos de la Cámara y el Senado.

CAPÍTULO 8

Demostrada la intriga de Feliciano, se reanudaron las visitas de Gloria a Laranjeiras. La baronesa había exigido que se guardara en secreto lo sucedido, deseosa de que Argemiro conservara en casa al criado, que ya lo había sido de su hija. Por lo demás, estaba íntimamente convencida de que el negro no había mentido, sino que se había equivocado. ¡Le convenía tenerlo de guardián en aquel hogar en ruinas, como si a su voz de alarma ella pudiera acudir presta y salvar algo!

La verdad, que advertía sin reconocerla, es que la nieta se beneficiaba mucho de la convivencia con Alice. Poco a poco iba perdiendo aquellos modales agresivos de niña malcriada, comenzaba a interesarse por la vida y a abrir los libros con mayor frecuencia. Y ya no le bastaban las visitas cortas, de sábado a domingo, ahora quería prolongarlas hasta el lunes, cuyas mañanas aprovecharía para pasear con la gobernanta del padre.

La baronesa protestó indignada:

—¡Es el colmo! ¡Que una niña de buena familia ande pegada a las faldas mugrientas de una mujer sospechosa por las calles de la ciudad! No faltaba más...

El padre Assunção intervino:

—Permítales probar una vez. Doña Alice me parece rigurosa y digna de toda confianza. Le confieso que siento cierta curiosidad por la dirección que va dando a los gustos de nuestra María... Le prometo velar por su nieta.

—¡Ay! ¡Padre Assunção, la República ha arruinado nuestra tierra! Ahora cualquier criatura parece digna de toda confianza... ¿Quién nos dirá cuáles son las intenciones de esa criatura? Por mi parte, tengo miedo a pesar de su vigilancia...

Gloria se enfadó y huía a empellones de los brazos de la abuela. No habría más remedio que ceder a la voluntad de la niña, y la baronesa cedió, molesta, debilitada.

El primer lunes, el padre Assunção recibió a primera hora una tarjetita de la baronesa:

> Gloria está en Laranjeiras; hoy es el día fijado para su paseo. La encomiendo a sus cuidados; vele por ella.
>
> *Luiza*

Assunção telegrafió a Alice. La esperaría a las tres en el Largo do Machado.

Tan pronto como María reconoció a su gran amigo sentado solo frente a la estatua, corrió alegremente hacia él y, sofocada, risueña, lo abrazó con fuerza. Apenas tuvo tiempo de interrogarla y ya ella, revelando una piedad hasta entonces oculta en lo más hondo del pecho, le contó lo que había visto, entusiasmada. Venía del Instituto de Sordomudos.

—Ah, padre Assunção, no sabía que había gente así, encerrada dentro de sí misma, como me explicó doña Alice. ¡Qué desgraciados serían si no existiera esa casa tan buena donde pueden aprender todo, como los hombres perfectos! ¡Qué ganas tiene una de ser buena cuando ve cosas así!

Y, trémula, locuaz, se lanzó a describir las aulas, los talleres, los dormitorios del establecimiento y los grupos de alumnos, alegres, limpios, tranquilos...

El padre Assunção se volvió a Alice, que, sentada a su lado, arañaba la arena del jardín con la punta de la sombrilla.

—¿Ya había sido usted institutriz?

—Nunca...

—No podías haber empleado mejor tu día, Gloria; da las gracias a doña Alice por haberte llevado a conocer a unos infelices cuya existencia, como has dicho, ignorabas... y que te han despertado tan buenos sentimientos... ¡Ahora, vámonos, que tu abuela estará impaciente!

María besó a Alice e incluso, después, se volvió ya en la calle para decirle adiós con la mano.

Qué diferencia entre esta despedida y su primer encuentro...

El padre Assunção iba callado, meditabundo. ¿Qué especie singular de mujer era aquella, que, con tan alto sentido de la moral, se sometía al papel de gobernanta en la casa de un viudo solo? Humillada en su posición, maltratada por aquella niña orgullosa, iba suscitando hábilmente su simpatía por los pobres y los desafortunados. ¿Sería por despecho o por otro motivo más maternal y en el que no interviniera su personalidad ofendida? Fuera cual fuese la razón, la verdad era que aquella simple visita a una institución de su barrio había valido lo que todos los sermones con los que había procurado ablandar el corazón altivo de Gloria. El tacto sutil de aquella mujer comenzaba a maravillarlo, pero tenía miedo de mencionarle a su amigo tal impresión. Argemiro tenía el corazón tranquilo, le sería fácil enamorarse y el sacerdote no olvidaba, así viviera cien años, las últimas palabras que intercambiaran el abogado y su esposa moribunda:

—¡Jura que no volverás a casarte!

—Lo juro.

—¡Júralo por Dios!

—¡Lo juro por tu amor, lo juro por Dios!

Fragilidad del corazón humano, ¿por qué habrás de verte encadenado por palabras de hierro que no se pueden romper?

Toda la escena de la muerte de María se reproducía en la memoria del sacerdote, llamado para darle la última bendición. El sonido de la voz de la mujer había quedado para siempre en su oído, igual que en sus ojos quedó grabada su imagen pálida… Y no solo él fue testigo de aquella terrible promesa: ¡la madre y el padre de la moribunda habían oído con él pronunciar a Argemiro aquel inquebrantable juramento!

Las alas del tiempo tienen gran envergadura; no se cansan de volar, sino que a veces llevan consigo penas que no cambian aunque se oculten entre otras que van naciendo…

Assunção sufría por no encontrar remedio para los males futuros, que veía próximos. Su papel ya estaba definido, tenía que aceptarlo y, en tanto que religioso, hacer que se cumpliera un juramento prestado en nombre de Dios. Pero ¿y el amigo? ¿Y el hombre? ¿Y aquella pobre mujer sola? ¿Debería consentir que batallaran con ella como con una enemiga?

No estaba ciego ni sordo. La obra de Alice era de paz y beneficio. Había sido ella quien había domado la impetuosidad de aquella niña, cuya voluntad omnipotente doblegaba todo y a todos a su capricho.

¿Sería un cálculo, una impostura? ¿Especularía la joven, sirviéndose de la hija, para entrar en los dominios del padre? Después de todo, ¿qué se sabía de ella? Que pertenecía a una buena familia caída en desgracia y que pasaba por muchacha honesta…

¡Cuánto mal germen no existe en las buenas familias y cuántas mujeres honestas no maquinan tramas infernales! El confesionario le había enseñado que el bien y el mal nacen de la misma fuente siempre inconstante y fértil…

La familia… ¿Sería cierto lo que la baronesa le había insinuado? Le había dicho que una tropa de hambrientos acudía a quitarles a los criados de Argemiro lo que les correspondía…

¿Cuándo? ¿Cómo? ¡¿También debería investigarlo?! ¿Por qué no, si era un medio para conocer a la mujer con la que tal vez tuviera que luchar?

Y una triste simpatía lo atraía hacia la pobre gobernanta, siempre tan arregladita con sus vestidos gastados, siempre sonriente y siempre sencilla.

—¡Usted también parece mudo! —dijo María, riendo.

—Estaba pensando en algunas cosas…

—Yo también.

—¿En qué pensabas?

—En doña Alice.

—Ah… ¿Y cuáles eran tus conclusiones?

—Qué es muy buena.

—La razón debe estar de tu parte.

—Querría que a la abuelita le gustase…

—Ya le gustará.

—Mmm…

—Más adelante; dale tiempo al tiempo.

—¿Por qué papá no quiere ver a doña Alice?

—Ay, hija mía, es que…; es porque tu padre… teme avivar la añoranza de tu madre…

«Ya estaba tardando esta pregunta», se dijo el cura.

—No lo entiendo…

—¿Tu madre no era la señora de la casa?

—Sí.

—¿Y doña Alice no está desempeñando el papel de señora de la casa?

—¡Ay, pero no es su mujer!

—¡Ah…!

—Ni come a la mesa ni aparece durante las visitas… Al final, ¡es una especie de criada!

—No. Gobierna a los criados. Es diferente…

—Me da pena. Ahora me da pena…

—¿Ahora?

—Antes no me la daba… Le tenía manía.

—Pero… ¿por qué? ¿Acaso se quejó?

—No… ¡No sé por qué! ¡Pero es rarísimo! ¡Nada más sentir los pasos de papá, ¡zas! ¡Huye! ¡Resulta hasta gracioso!

«Realmente es una situación de comedia», pensó Assunção, riendo sin querer con María.

Y la situación se prolongaba. Argemiro, cada vez más casero, no atisbaba ni la puntita de la falda de Alice, a quien, por lo demás, había decidido evitar definitiva y absolutamente, contento con sentir su influencia, no solo en su hogar, sino en su hija. María siempre dedicaba los lunes a pasear, una vez en el Jardín Botánico, otras por los asilos o por nuevos barrios y distintos jardines, volviendo siempre con impresiones bien definidas y en las que se percibía una dirección cuidadosa e inteligente. Poco a poco la niña se iba volviendo más observadora y más piadosa. El padre Assunção, que siempre iba a buscarla al punto indicado por Alice, se iba convenciendo de que esos paseos por la ciudad hacían que el espíritu y el corazón de María se desarrollara mejor que con el más voluminoso libro de moral.

Si volvía de visitar un asilo de ancianos, ¡con qué dulzura hablaba Gloria de sus cabellos blancos, de sus pasos trémulos y de su triste sonrisa desdentada! Si volvía de Tijuca, ¡cuántas exclamaciones de entusiasmo sobre sus bellos árboles poderosos y sus caídas de agua en cascada y sus hermosas flores silvestres! Si volvía del mar, ¡qué indagaciones curiosas sobre barcos y botes, y cuántos elogios para los amplios paisajes azules, henchidos de aire fresco! La vida de los marineros, con sus peligros, y la de los pescadores, con su valentía, atraían su simpatía y su piedad. Iba viendo que el número de los necesitados es mucho mayor en el mundo que el de los felices y así se volvía menos salvaje y más humana.

Ahora bien, el padre Assunção sabía de sobra que todo aquello era reflejo y sugerencia de Alice. María era inteligente y sus cualidades morales, todavía informes, tendían más al mal que al bien. Toda aquella metamorfosis era, pues, obra de la joven, quien parecía aceptar la compañía de la niña como un regalo caído del cielo... ¡Realmente estaba muy sola!

Los celos de la baronesa se acrecentaban con cada nuevo triunfo de Alice, que le disputaba la nieta con furor. Sufría callada, sin osar quejarse ni al marido ni al padre Assunção, quienes ensalzaban con entusiasmo la obra de la muchacha. Encerrada en su finca, a la sombra de los mangos más hermosos de las afueras, maldecía la hora en que el yerno había llevado a casa a aquella aventurera, cuyo propósito advertía a leguas. Feliciano no había vuelto y aquello la apenaba... Solo él podría decirle toda la verdad, pues no estaba hechizado por la bruja y la conocía mejor que los demás, ya que convivía en todo momento con ella...

Su intención era clara. Se tendría que cumplir. Cuando, por casualidad, el negro apareciera por allí, le tiraría de la lengua sin que nadie lo oyera sino ella... ¡Ah! Y entonces, ¡nada quedaría sin saberse!

Con las idas de María a la ciudad escaseaban las visitas de Argemiro a la finca y ese disgusto se sumaba a las sospechas de la baronesa; pero cuando el yerno se acordaba de ir a verla, encontraba la manera de hablar de la hija en todo momento, con una obstinación dolorosa e impertinente.

—¿Has ido a visitar la tumba de María? ¿Has mandado reproducir los retratos de María? —Y así el nombre de su hija le brotaba constantemente de la boca, como queriendo imponérselo a la memoria de todos.

Los retratos de María, desde aquel en el regazo, a los cuatro meses, hasta el último, en el que su perfil delicado se volvía hacia el cielo, como interrogándolo, se alineaban sobre el gueridón, sobre el piano, en la sala de visitas, en la salita de labor y en el comedor, repitiéndose por toda la casa para que nunca los ojos maternos dejaran de encontrarlos... Vivía así perpetuamente arrasada por la añoranza, ¡nunca conforme y creadora de espejismos!

En lo relativo a tal sentimiento, Argemiro se identificaba con la suegra hasta tal punto que para él era como si María estuviera lejos, muy lejos, pero estuviera al fin y al cabo, y algún día fuera a regresar. Era una certeza que albergaba su corazón sin que el cerebro la compartiera, pero que, siendo terrible, no dejaba de consolarlo...

Por su parte, la baronesa temía que huyese hacia otras adoraciones, por lo que no cesaba de recordarle la triste súplica de su hija.

Ahora, sin embargo, no se trataba del juramento; Argemiro no lo incumpliría por amar a Alice y darle un lugar que había quedado vacío a su lado. Esta solución, que ella no había previsto, la llenaba de dolor. Al fin y al cabo, Argemiro no tenía otra esposa, ¡pero sí otra mujer!

Por mucho que dijeran, la baronesa no creía que dos seres jóvenes, viviendo de continuo en la misma casa, no fueran a verse nunca ¡y le desesperaba la idea de arrojar cada semana a María a aquel pozo de hipocresía e inmoralidad!

CAPÍTULO 9

La señora de Pedrosa se empeñaba en conquistar a Argemiro. No contenta con invitarlo con insistencia, le arrebataba sus amigos, llevándoselos a sus cenas de los viernes, en las que la seducción se extendía hasta las salsas para el pescado. Adolfo Caldas, que se jactaba entre sus íntimos de redactar los informes del ministro, traduciendo al portugués castizo el lenguaje quebradizo del hombre de Estado, nunca faltaba a esas reuniones; y el diputado Teles, gubernamental, asistía a los banquetes con el aplomo de quien contribuía en gran medida a la felicidad y al prestigio de aquella casa.

Argemiro, el más solicitado, era dudoso. Solo el padre Assunção se libraba siempre de tales honras, alegando que el sacerdocio lo apartaba de todo goce profano. Para acercarse también a este amigo, la de Pedrosa no faltaba a sus misas de los miércoles, arguyendo una devoción particular a san

José, patrón del marido, y ofreciéndole por mano de la hija grandes limosnas para sus pobres.

La limosna, venida de aquí, de ahí o de más allá, mata el hambre igualmente. Es dinero. El padre Assunção la agradecía sinceramente. Que san José auxiliase a aquellas almas interesadas, que otras menos dignas iban a la sombra de su manto a pecar en la iglesia sin que de su mal resultara ningún bien para los necesitados...

Al fin y al cabo, ¿qué ambicionaba la de Pedrosa? Casar a su hija con un hombre de bien. Exponer a la muchacha a aquella chacota no era, sin duda, acción digna de una mujer de criterio; pero la buena justicia encontraría para ella cierta indulgencia... ¡Más lo disgustaban las demás, que a la sombra de los altares iban a hablar de amor, allí en el interior sagrado de su querida iglesia matriz de Nossa Senhora da Gloria!

¿Pensaría, por ejemplo, Eugenia Duarte que él, sacerdote, veía con buenos ojos su asiduidad en la iglesia? Había sido su confesada, sabía que estaba casada y con hijos, que su hogar necesitaba de su presencia y cariño...

Y se lamentaba por los hijos de esa madre, abandonados todos los días a la hora exacta de saltar del lecho y de recibir la bendición materna. Otra cuya presencia allí lo inquietaba era Joaquininha Lobo, con las muñecas siempre llenas de rosarios, inclinándose siempre en profundas reverencias ante las imágenes de los santos. También había sido su confesada y se había marchado como las otras, afligidas por sus consejos y sus amonestaciones... El marido de esta, como oficial de marina, andaba continuamente de viaje; ella pasaba el rato por las iglesias, dando entrevistas entre padrenuestros, siempre involucrada en grandes obras de beneficencia.

Un miércoles salía el padre Assunção de decir su misa cuando fue abordado en el atrio por la de Pedrosa y Sinhá, que lo esperaban con la limosna correspondiente. Debajo, junto a los escalones, las esperaba el cupé. Hacía un día magnífico.

—¡Reverendísimo!

—Señoras mías...

—Acabamos de recibir su bendición y venimos a esperarlo para darles esta limosnita a sus pobres...

—Míos o de los demás, todos los pobres merecen la misma consideración. Sus excelencias también han de tenerlos...

—Entonces ¡¿no acepta nuestro ofrecimiento?! —preguntó la de Pedrosa, decepcionada.

—No tengo ese derecho. Es solo que, si me lo permiten..., le indicaré a una de mis viejecitas el camino hasta su puerta y así le podrán dar la limosna directamente; mejor para ambas...

—Eso no es óbice... ¡Le daré otra limosna a su viejecita!

La de Pedrosa seguía con la mano tendida y, como el sacerdote no la aceptara enseguida, dijo con su vivacidad habitual:

—¡El padre Assunção desconfía de nosotras!... Es evidente que no cree la sinceridad de nuestra simpatía. ¡Siempre se resiste a aceptar nuestras limosnas!

—¡Se equivoca, señora mía, se equivoca! ¡No puedo rechazar lo que no es para mí...! Sin embargo, disculpen mi terquedad, pero la persona a la que destinaría ese dinero irá a visitarlas mañana. Yo puedo morir de un momento a otro... y es bueno que conozca a sus benefactoras...

—¡Morir! ¡Qué manera de hablar es esa, siendo usted tan joven! —Él sonrió con ironía, sin responder—.

Dígame, ¿qué ha sido de nuestro amigo Argemiro? ¡No hay quien lo vea...! No sé quién me dijo que lo había visto hace unos días con su hija... ¿La niña todavía vive con la abuela?

—Sí, señora mía.

—Así que él vive solo... ¿Absolutamente solo...?

—Solo.

—¡Qué barbaridad!... Esa oveja está descarriada de su rebaño..., ¿no le parece, padre Assunção?

—Todo lo contrario; Argemiro, consagrándose a la nostalgia de su mujer, se halla bien escudado contra los peligros del mundo... Pero, señoras mías, perdónenme, ¡yo entreteniéndolas aquí, con este sol!

—Al contrario, yo...

Pero el sacerdote se apresuró a despedirse y las dos señoras no insistieron en seguir conversando, al comprender que tenía algún asunto que lo preocupaba.

Las dos todavía se quedaron unos segundos en lo alto de la escalinata, viendo cómo la larga figura, seca y angulosa, del sacerdote cruzaba a grandes pasos el jardín.

—Es un hombre difícil de conquistar...; ya no sé cuántas limosnas le hemos dado ni cuántas veces lo hemos invitado... Se diría que nos tiene antipatía...

—Yo que usted no le daba nada más ni lo invitaría a casa. Ser sacerdote no es excusa para mostrarse grosero...

—Es el mejor amigo de Argemiro... Entiende que no lo invito solo por sus lindos ojos.

—Ah... —La de Pedrosa miró a su hija con cierto espanto—. Mamá, ¿espera usted a alguien más?

Esta, por única respuesta, comenzó a bajar la escalinata y, al entrar en el cupé, le gritó al cochero:

—¡A la estación de Corcovado!

Sinhá, sentándose a su lado, indagó con curiosidad:

—¡Vamos a Corcovado a estas horas! ¿Para qué?

—A almorzar…

—¿Solas? ¿Y papá?

—Tu padre no almuerza hoy en casa.

—Pero ¿lo sabe?

—Lo sabrá cuando se le diga.

—¿Y si no le apetece?

—Ay, tontita… Veo que no me queda otra que ir contándote ya lo que iba a dejar para más adelante. No saliste a mí en la perspicacia…

Sinhá miraba a la madre con una bonita expresión de estupidez.

—El motivo por el que vamos a almorzar a Paineiras no puede desagradar a tu padre. Es el siguiente: allí arriba, en el hotel, se encuentra el encargado de negocios de Inglaterra. Me lo presentaron hace unos días, de pasada: conviene que me recuerde… Ese hombre puede serle muy útil a tu padre. Si aparecemos allí, como por casualidad, tendrá que venir a saludarnos. Quizás almorcemos en la misma mesa y tendré la oportunidad de volver a ofrecerle nuestra casa. Es una relación útil. La vida, hija mía, es como una caja vacía que los ansiosos y los tontos llenan de todo lo que encuentran, y los diligentes solo con cosas escogidas. Si esa no fuese mi táctica, ¿crees que tu padre habría alcanzado los puestos que ha desempeñado?

—Pensaba que habían sido sus méritos los que…

—¡Bobita! ¡Solo con los méritos, sin un poco de maña, nadie hace nada en este mundo…!

—Pero siendo papá ministro, ¡será el inglés quien saque todo el provecho de la relación!

—No, hija; el hombre está consideradísimo en las más altas esferas comerciales y solo por su intermediación puede atraer tu padre ciertas simpatías... y una lluvia de manifestaciones de aprecio, que siempre son de un óptimo efecto. Por ejemplo, un banquete ofrecido por el alto comercio en honor a un ministro, ¿crees que no hace que aumente su importancia? Hay que tener olfato para darse cuenta... Piedrecita a piedrecita se pueden erigir castillos... Es un proverbio inventado por mí y que no debes olvidar...

—Mamá, ¿no tiene usted miedo de que...?

—Quien tiene miedo no va a la guerra. Además, ¿miedo de qué?

—De que se den cuenta...

—Lo hago todo con mucha diplomacia; sé disimular mi voluntad, hacerla triunfar sin que nadie se percate. Es un don peculiar y que deseo transmitirte. Pero te veo muy blanda; eres todavía muy inocente, muy ingenua. Más adelante, cuando llegues a los treinta, me comprenderás. Y eso que yo, desde que me conozco, soy así... diligente y arrojada. Cuando me casé, tu padre no era más que un abogado pobre... ¿Quién lo lanzó a la política? Yo. ¿Quién se afanó para que lo eligieran diputado y consiguió el mayor número de votos? Yo. ¿Quién lo llevó por primera vez al palacio de sus majestades? Yo ¡y no tenía más que veintidós años...! ¿Quién, después de proclamada la República, lo convenció de adherirse a ella y le consiguió un escaño en el Senado? Yo. ¿Quién lo ha hecho ahora ministro? Yo. Siempre yo, sirviéndome de estas estrategias, aprovechando todas las ocasiones y todas las simpatías, obsequiando un día para insinuar al siguiente una protección que parece llegar espontáneamente;

subrayando los méritos de tu padre, ya sea de espíritu o de corazón, siguiéndolo como un perro de caza sigue al cazador, a través de todos los peligros, con valentía.

—Si papá no tuviera cualidades extraordinarias, por mucho que hiciera usted, ¡de nada serviría..! —la interrumpió Sinhá, defendiendo el pundonor paterno.

—¡Ay! No iba a ser tan tonta como para casarme con alguien insignificante. Me casé por amor, pero también al ver en tu padre a un hombre de tendencias elevadas. Las mujeres somos más ambiciosas y más activas. El hombre que se case con una mujer acomodada está perdido. Es otra máxima de las mías. Toma nota.

—El hombre que se case con una mujer acomodada… —repitió Sinhá.

—Mi abuela ya era así —prosiguió la madre—. Casó a todas las hijas con quien mejor le pareció. A los muchachos con herederas ricas y a las hijas con senadores y consejeros…

—Con hombres viejos…

—Hombres de posición. ¿De qué vale la juventud sin dinero y sin esplendor?

—¡Oh!, mamá…

—¡No vale nada!

—Papá era joven…

—No te creas… En todo caso, a los maridos se los quiere como la fruta: maduros. Tu padre era de familia distinguida y estaba magníficamente relacionado; pronto me percaté de que sería feliz. Y, efectivamente, él ha sabido dejarse llevar.

—¿Por quién?

—¡Qué pregunta! Por las circunstancias… ¡y por mí! Repara en que saber llevar a alguien al destino deseado sin que ni siquiera ese alguien se dé cuenta de que lo empujan manos ajenas... ¡es todo un arte! El mío. ¡Pero por Dios! ¡A qué velocidad nos lleva este João!... ¡Va a cansar a los animales!

—Nos lleva sin arte de ningún tipo... —dijo Sinhá, sonriendo.

En ese momento tenía la frente velada por una sombra de tristeza. El vestido oscuro, abotonado hasta la barbilla, hacía que resaltase la palidez de su faz, enmarcada por dos onduladas crenchas negras.

—La casa de Argemiro no debe de estar lejos... ¡Ahí tienes a Argemiro! Ya no es tan joven... El cabello se le empieza a encanecer. No obstante, ¿conoces a algún muchacho más distinguido?

Sinhá no respondió. La madre, tras esperar un poco, prosiguió:

—Él te hará feliz. Es de los que necesitan que los estimulen... Con tantos recursos a su alcance, ¡no se sirve de ninguno! No es ni diputado.

—La eterna manía de la política...

—No hay ninguna más patriótica. Pero te advierto que no llames manías a mis opiniones...

—Discúlpeme, mamá...

—¡Mira! Aquella es su casa... Es hermosa... Es adecuada... ¡Fíjate! Será tuya...

—¡Ya veo, mamá...!

—El único inconveniente es la hija...

—¡Y que no le gusto! —añadió Sinhá.

—¡Ya ves! Para mí eso sería hasta un acicate. Siempre me ha gustado vencer dificultades...

—Yo soy mucho más débil...

—Tú déjamelo a mí...

—¡Mamá!...

Sinhá se puso colorada y no acertó a decir nada más. Aquella palabra pronunciada en tono de súplica parecía haberla sofocado. Tenía los ojos anegados en lágrimas.

La de Pedrosa prosiguió:

—Trabajaré en pos de tu felicidad igual que he trabajado en pos de la felicidad de tu padre. ¡Te lo digo en confidencia y exijo que no se lo cuentes a nadie! Es una lección de experiencia que debes aprovechar. Por desgracia, en el mundo solo llegan a buen puerto los avispados. Quien no tenga codos, que no se meta entre multitudes...

—¿Otro proverbio, mamá?

—No, pero podría servir... El padre Assunção todavía ha de casaros y, cuando eso suceda, quiero verle la cara. ¡Al muy necio le parece de lo más justo que el amigo malgaste su juventud lloriqueando por la esposa difunta!

—¡Debe de ser bonito que la lloren así a una!

—¡Qué dices! ¡Pero si la otra ni se entera! Ya en vida parecía no enterarse de gran cosa... Era tan meliflua..., ¡tan vaporosa!

—¿Guapa?

—Mmm..., delicada... Hay que sacársela del corazón a Argemiro.

—Déjela. ¡No debemos pelear con los muertos!

—Ni dejarnos vencer por ellos. Enderézate el sombrero... Mira el mío..., ¿está bien?

—Está bien...

El coche continuó circulando unos minutos. Cuando llegaron a la estación, la de Pedrosa ordenó al cochero que volviera a esperarlas a las cuatro y se subieron al tren que estaba a punto de partir.

Sinhá, inquieta por las teorías de la madre y buscando uno de los extremos del asiento, volvió la cara hacia fuera y pasó todo el trayecto mirando la espesura. La de Pedrosa no interrumpió su silencio; también necesitaba recogerse, organizar sus ideas, preparar la escena...

A las once, en el jardín del hotel de Paineiras, no había nadie.

La sombra de los árboles se derramaba silenciosa sobre las mesitas desnudas. Solo en una quedaban los restos de un aperitivo en dos vasos. La de Pedrosa calculó enseguida que aquel vermú había sido ingerido por el encargado de negocios de Inglaterra y miró con simpatía los cálices sucios...

Sinhá había continuado hasta el borde del jardín y miraba al frente, hacia el valle desnudo de neblina, resplandeciente en el azul del día. Entretanto, la de Pedrosa pidió el almuerzo allí, en el punto más visible del jardín, indagando al mismo tiempo con la vista si el inglés estaría almorzando en el comedor...

No estaba; y el criado, a quien interrogó a su manera, declaró que su excelencia había bajado en el primer tren para ir a buscar a un amigo a bordo del *Madalena*.

¡La de Pedrosa lanzó una mirada airada a los dos vasos de vermú y adelantó el almuerzo!

Sinhá contemplaba el paisaje magnífico alejada de la madre, perturbada por un sentimiento que no sabría explicar. Era como si, medio despierta de un sueño extravagante, su conciencia todavía no pudiera determinar bien la realidad de la vida, presintiéndola apenas...

Un día de satén, suave, arrojaba sobre los montes y los mares una luz clara, haciendo brillar las copas de los árboles y las piedrecillas de las playas, resbalando por las laderas acolchadas de la espesura, desde donde irrumpían los cantos de las aves y las manchas centelleantes de los ambaibos. Dos grandes mariposas, de un azul dorado intensísimo, se perseguían yendo y viniendo, ora al pie, ora lejos de la joven, que las seguía con ojos deslumbrados. Adonde iba la una partía enseguida la otra para luego volver juntas a posarse en la misma rama, besar la misma flor.

¡Se aman, y el amor debe de ser eso, el no poder estar la una sin la otra, en el ansia del beso definitivo, del lazo que las sostenga hasta la muerte!... Felices las mariposas, que se buscan solas la pareja...

—¡El hombre se ha ido! —exclamó la de Pedrosa, acercándose a la hija. Y al poco—: ¡Tienes los ojos llorosos!

—Es de mirar hacia la luz...

—Bueno, vamos a almorzar. ¡Qué contrariedad! ¡El borracho no podía elegir otro día para ir a buscar al amigo! Por lo que se ve, se ha ido a buscar a un amigo a un barco. En fin, es un paseo..., nos hará bien..., ya habrá otra ocasión...

—¿No desiste usted?

—No. Nunca desisto de lo que emprendo. Siéntate. Están poniendo la mesita... ¿Tienes hambre? Yo he perdido el apetito. Este lugar sin compañía es un aburrimiento... Y yo que le ordené a João que me esperase a las cuatro...

En la otra mesita se hallaba una pareja, la mujer morena y robusta, el marido flaquito y de cabello gris.

La de Pedrosa los reconoció en cuanto los vio y le dijo a la hija:

—Es Marianinha Serpa, de Río Grande... Fue compañera mía en las Hermanas. ¡Dios quiera que no me reconozca!...

—¡¿Por qué?!

—Hijita, así como debemos buscar ciertas relaciones, otras debemos evitarlas... Esta señora está casada con un médico y tiene con él no sé cuántos hijos... Pues ha abandonado a la familia y le ha comunicado a todo el mundo su matrimonio con este...

—¿El otro murió del disgusto?

—No; en primer lugar porque de disgusto no se muere nadie y después ¡porque él también se ha casado con otra!

Sinhá abrió los ojos como platos, perpleja.

¡Qué mañana de revelaciones! Ella siempre había creído que los lazos del matrimonio eran indisolubles... La gran poesía de las nupcias parecía estar en la perpetuidad del amor y en la perpetuidad del voto. ¿Qué era si no el matrimonio? ¿Un contrato quebradizo, sujeto a incumplimiento al primer enfado?

Las ideas se le agolpaban en la cabeza. La víspera justamente habían discutido a la mesa, en casa, sobre la ley del divorcio. Y su propio padre había afirmado que jamás se decretaría en Brasil... Preguntó a la madre al respecto, que respondió casi en secreto:

—Nos están mirando... Disimula... No conviene hablar ahora de ese asunto... Marianinha me ha reconocido... ¡Si no fuese yo la mujer del ministro...! ¡Verás como viene y me abraza!

Así sucedió.

Al acabar de almorzar, Marianinha dejó la servilleta en la mesa y, arrastrando al marido, corrió a hablar con la de Pedrosa.

—¡Petronilha! —exclamó en un arranque de ternura.

La de Pedrosa se levantó con una sonrisa ceremoniosa y semblante de no acertar con el nombre de la otra...

—¿No te acuerdas de Marianinha Serpa? ¿De las Hermanas? ¿El diablillo azul, que era como me llamaban?

—¡Ah, sí!... El diablillo azul... ¡Ya me acuerdo! Discúlpame..., es que ¡hace ya tanto...!

—Después nos hemos vuelto a encontrar varias veces en casa de...

Pero Marianinha se interrumpió para presentarle a su marido.

Por su parte, la señora de Pedrosa les presentó a la hija y los otros volvieron a su mesa; les faltaba el café.

—La vida es una comedia... —comentó la ministra—. Como para fiarse... ¿No te lo dije? Vio que habíamos terminado y no quería dejarnos escapar sin presentarse. Y ahora tendremos que ir a despedirnos de ellos. Pero ya pueden esperar sentados a que les ofrezca mi casa..., no por mí, que al fin y al cabo tampoco es que me disguste la mujer... Marianinha es pianista, entretiene; ¡es por la sociedad!

Después volvieron a juntarse, paseando a lo largo del acueducto; había que hacer tiempo antes de bajar. Marianinha era vivaz, hablaba mucho. El marido iba recogiendo los helechos que Sinhá dejaba caer de los dedos distraídos. A la hora de despedirse, la pareja, obsequiosa, ofreció a la joven una caja de orejones de melocotón de Río Grande, un recuerdo que acababa de llegarles hacía nada de su tierra.

En cuanto el tren se puso en movimiento, la de Pedrosa suspiró de alivio. ¡Menudo día! Y, abriendo la caja de orejones, los contempló con aprobación y dijo:

—¡Lo único bueno del día! Mira lo bien ordenaditos y lo bonitos que están. El fabricante tiene arte... Estos lacitos están muy bien hechos...

Antes de cerrar la caja, olió los melocotones.

—Ahora esta gente, dondequiera que nos encuentre, pasará por delante de nosotros... Entienden que ya nos han obsequiado. Esto es lo que se llama ir por lana...

***

—Pare en el número 274 —dijo la de Pedrosa a João al subirse al coche.

—¿En casa del doctor Argemiro? ¿Para qué, mamá? ¡Yo no entro!

—Es solo por curiosidad... A estas horas no está en casa... Le dejaré una tarjeta y la caja de orejones...; luego le diré que iba a entregarle un billete de lotería benéfica...

—¡Mamá, los melocotones son míos!

—No seas golosa. Esto se hace solo para regalar. Además, al fin y al cabo, ¿para quién quiero yo a Argemiro? *Les petits cadeaux entretiennent l'amitié*,[9] como dicen los franceses. Él vendrá a casa para darnos las gracias y lo recibirás tú...

—¡Mamá!

—¡Mamá solo quiere tu felicidad, tú tranquila!

Cuando el coche se detuvo, la de Pedrosa se apeó y ordenó a la hija que la acompañara. Sinhá vaciló antes de obedecer.

El patio delantero de casa de Argemiro, resguardado de la calle por un ancho pavimento con azulejos labrados, tenía una puerta lateral que abría al jardín y otra al fondo, que daba a una salita de espera. La de Pedrosa se dirigió con la hija hacia la puerta del fondo e iba a tocar

[9] N. de la Trad.: «Los pequeños regalos mantienen la amistad»; en francés en el original.

la campanilla cuando oyó una voz de mujer dando una orden. Luego se abrió la puerta y la figura de Alice apareció en el umbral.

—Veo que me he equivocado...; ¡¿no vive aquí el doctor Argemiro?!

Alice respondió que sí, asintiendo con la cabeza y esbozando una ligera sonrisa.

—La familia..., la hija... ¿está?

—La hija no vive aquí...

La de Pedrosa, al reparar en que no hablaba con una criada, observó a Alice con extrañeza, de la cabeza a los pies. Sinhá murmuró:

—Vamos, mamá...

Adivinando la confusión de las damas, Alice, disgustada, se volvió hacia Feliciano, que se acercaba en ese momento, y dijo:

—Feliciano, ¡atiende a estas señoras!

Luego, tras despedirse de ellas, atravesó el patio delantero y salió por la puerta del jardín.

La de Pedrosa la siguió con la vista.

* * *

Feliciano esperaba envarado, con un airecillo malintencionado en el semblante astuto. La de Pedrosa escribió a lápiz en una tarjeta de visita:

> *Doctor Argemiro. Al pasar por su puerta he querido dejar estos orejones de melocotón para Gloria. Me habían informado de que la niña estaba aquí. Atentamente.*

Feliciano aceptó la caja y la tarjeta, y se apresuró a adelantarse para abrirles la cancela y la portezuela del cupé.

Una vez en el coche, la de Pedrosa explotó:

—¡Qué te parece el viudito, ¿eh?! ¡Y el bandido del sacerdote, que hoy ha dicho que el hipócrita vive solo con sus añoranzas! ¡¿Cómo se llamará?! Tú tranquila... ¡ya veremos quién gana...!

—¡Mamá!

—¡Mamá! ¡Mamá! ¡Mírate, balando como una ovejita asustada! ¡Vaya con el ladrón de Argemiro!... ¡Este Río de Janeiro está perdido! Por eso se quedan tantas jóvenes solteras... ¡El *ménage*![10] ¡Y el descaro con el que hablan de su *ménagère*...! Como las madres no se hagan cargo, las hijas se les quedan en casa... Tenemos que defenderlas cueste lo que cueste... ¡Ladrones!

—Pero no piense más en Argemiro..., mamá...

—¡¿Cómo?! ¡Menuda idea, que no piense en Argemiro! ¡Pero si es el marido que te conviene! ¿Crees que es tan fácil encontrar un hombre que reúna tantas cualidades? ¿Solo porque tiene una *ménagère*? ¿Desistir de un marido solo porque tiene una *ménagère*? ¡Bobita! Esto hasta es una prueba en su favor... Ya no huele a la difunta... Además, ese tipo de mujeres solo enredan a los necios. Piensa que a menudo es la amante quien arroja, inconscientemente, al hombre en brazos de la esposa... Tú..., ¡bueno!, por ahora no puedo decir nada más. Ya he hablado demasiado.

Sinhá miraba a su madre con los ojos llenos de espanto.

---

[10] N. de la Trad.: En francés, *ménage* hace referencia tanto al gobierno de la casa como a la pareja. De este sustantivo se deriva la palabra *ménagère*, que es la mujer que se ocupa de las tareas domésticas.

CAPÍTULO 10

Era una suerte que el cumpleaños de María cayera en domingo. Era un día que siempre se le robaba a la compañía de la baronesa. Los celos atroces tenían a esta enferma de una tristeza sin cura. Los besos de la nieta le sabían a falsedad; sus abrazos, ahora blandos, habían perdido el ímpetu salvaje de unos tiempos de los cuales la veía huir a toda prisa. Cualquier día se la llevarían del todo, sin que la niña volviese siquiera la cabeza atrás para dedicarle una última sonrisa…

¡Ni por verse ejercitado en el amor deja el corazón de enloquecer si lo contrarían!

A veces, en un desahogo, la queja le subía a los labios empalidecidos; pero el marido, inflexible, acudía enseguida con la cruda ley del destino:

—Ve acostumbrándote: más tarde tendrá que irse con el marido, igual que la abuela se fue con el abuelo y la madre con el padre.

Y ella, entonces, gemía desconsolada:

—¡Para entonces, a saber dónde estarán mis huesos! —Como si la idea de la muerte la tranquilizara.

Si los pensamientos la atormentaban de día, de noche la perseguían los sueños. Alice, siempre Alice, se le presentaba de formas diversas, aunque siempre con manos como garras.

La insistencia de la idea le infundía nuevas creencias. Se debatió en vano, absorta en su rincón, con los ojos fijos en el retrato de la hija, que el tiempo iba desvaneciendo en una suavidad descolorida. ¡Ojalá se atenuase el dolor de su alma como aquella sombra en el papel! ¿Por qué tiene que haber nada eterno en esta vida transitoria? ¿Acaso alguien vio reflejarse inmóvil una imagen en las aguas de una corriente fuerte? ¿No hace la vida otra cosa sino pasar, mientras que la de ella se había detenido en un momento de horror? Una noche, en sueños, la hija se le apareció arrasada en llanto. Sus ojos, como dos ramas de miosotis inundadas, se hallaban varados por la tristeza joven del amor. No hubo queja alguna. La madre la entendió. Era hora de actuar. Consultaría a los espíritus, ya que en la tierra nadie la ayudaba.

Se acordó de una tal doña Alexandrina, de la estación de Rocha. ¡De ella se contaban maravillas, revelaciones estupendas!

Se preparó temprano. Al verla salir de la habitación, con capa y sombrero, el marido se sorprendió, pues era raro que pusiera los pies en la calle.

—Voy a misa para pedirle a Dios salud y juicio para Gloria. Hoy cumple años…

—Lo sé…

La baronesa no sabía mentir.

Al tiempo que hablaba, las mejillas se le teñían de rojo. Pero el marido no se percató y la baronesa se fue.

***

Doña Alexandrina vivía en una buhardilla estrecha, en la que la baronesa entró avergonzada. La hicieron esperar en un pequeño comedor atravesado por una mesa cubierta con un retal de arpillera, con los flecos sucios, y unos cajones acolchados a modo de divanes.

En las paredes, pegadas sobre los patos mandarines del papel descolorido, estampas de calendarios y un grabado que representaba al mariscal Floriano Peixoto.[11] Después de unos minutos de espera entró doña Alexandrina, una mujercilla flaca y morena, casi sin mentón, de ojos redondos.

La baronesa entró y la siguió hasta una alcoba en la que ardía una lamparita delante de un oratorio. Al igual que en el comedor, había una profusión de imágenes pegadas a las paredes, solo que estas eran únicamente de santos. Una cortina de indiana, corrida, ocultaba un lecho del que solo se veían los pies. Al olor del aceite de la lamparita se unía el de la albahaca que había en un vaso.

Doña Alexandrina sacó una baraja de cartas de un cajón, la dejó sobre la mesita redonda a la cual se sentaron y, pidiendo con un ademán a la baronesa que esperara, se volvió hacia el oratorio y oró en voz baja, con los ojos y el mentón temblándole.

---

[11] N. de la Trad.: Floriano Peixoto (1839-1895) fue un militar y político brasileño. Presidente de la República entre 1891 y 1894, fue conocido como «el mariscal de hierro» por la dureza con que reprimió las rebeliones que marcaron los primeros años de la república en Brasil.

Acabado el rezo, la vidente le pidió a la baronesa que cortase la baraja, de grandes cartas, y comenzó la operación.

—La señora tiene una enemiga…

La baronesa asintió con la cabeza.

—Es una mujer mala, que abusa de su confianza…

—¿De mi confianza?

—Repito lo que está en las cartas… La señora va a recibir una gran herencia…

—No…

—Sí…, dentro de un año… Pero debe mudarse de la casa en la que está antes de que le suceda un desastre… Su enemiga es joven, hermosa y muy tenaz; llegará a todo lo que desea si usted no se cruza en su camino… Finge amar a su marido, por cálculo…

—A mi marido, no… ¡A mi yerno! —la rectificó la baronesa, ofendida.

—La carta… dice que hay un caballero que le interesa… Pensé que se trataría de su esposo. Será su yerno…

—¿Se puede saber cuáles son sus intenciones?

—Ser amada y aprovecharse de él.

—¡Ya desconfiaba yo…!

—No se preocupe… Quedará desenmascarada a tiempo… No es libre…, ama a un joven pobre… con quien se encuentra a escondidas… Va a recibir usted una carta…

—¿Qué más?

—No digo más; la señora podría quedar impresionada, no serviría de nada… Sea prudente… Queme la carta que va a recibir… y esté alerta… No conviene intervenir todavía…, aguarde un pretexto que no se hará esperar mucho… Su enemiga tiene recursos…

—¡Que si los tiene!

—Y ya ha logrado mucho… ¡Recomiende a su yerno que tenga cuidado, sobre todo con unos papeles lacrados que tiene guardados en una caja fuerte!

—¿Tiene intención de robarle?

—Por hoy no puedo decirle nada más —concluyó doña Alexandrina, cerrando los ojos.

La baronesa salió estupefacta. Era la primera vez en su vida que se lanzaba a consultar a una adivina. ¡Se avergonzaba de su acto; su marido la censuraría…! Había ido en busca de un poco de tranquilidad y volvía más confusa ¡y aterrada!

Había hecho mal en no creer hasta entonces en videntes: ¿cómo había podido adivinar aquella la existencia de su enemiga y sus ideas peligrosas? Pero ¿por qué no le había dado la punta de la madeja por la que tirar para deshacer toda la tela? ¡Tenía que esperar una carta y solo después de leída y convertida en cenizas debería entrar en escena! Entretanto, la otra tomaría entera posesión del corazón de Argemiro, que ella quería lleno únicamente del amor y la nostalgia por la hija.

¡Era por ese corazón por lo que su dulce María se le había aparecido bañada en lágrimas! ¡Había que luchar hasta que se lo devolviera a la difunta!

El coche entraba ya en el largo camino flanqueado de mangos de la finca cuando la baronesa vio a Feliciano a pie, con un gran bulto bajo el brazo. La anciana hizo detener el coche y llamó al negro.

—¡Feliciano! Deja ese paquete aquí y ayúdame a bajar. Quiero hacer un poco de ejercicio… —Y, volviéndose hacia el cochero—: Guarda esto en el coche hasta que yo llegue.

El coche partió; la baronesa dijo:

—Feliciano, quiero saber toda la verdad: ¿qué pasa en casa de mi hija?

El hombre fingió mayor asombro del que sentía y balbuceó:

—Nada raro… No, señora.

—No es cierto. Me han informado de que doña Alice habla con el doctor… Niégalo si puedes.

—¿Quién ha informado a la señora? —preguntó Feliciano para no decir sí ni no.

—Alguien… ¿Tiene días fijos para salir?

—Sale con doña Gloria los lunes…

—¡Y bien que me pesa! Pero ¿más allá de esas veces?

—Los miércoles, al anochecer…

—¿Sola?

—Sola.

—Tienes que seguirla de lejos uno de esos días y venir a contarme el resultado de tu espionaje… ¡Que Dios me perdone! ¡Pero es por una buena causa!

—No puedo…

—¡¿Cómo?!

—Los miércoles el patrón está en casa; es el día en que los amigos van a cenar y a jugar con él, y soy yo quien les sirvo…

—¡El demonio todo lo prevé! ¿Doña Alice no recibe visitas?

—No, señora…

—¡Estás comprado por ella! ¡Te ha embaucado!

—¡¿A mí?! ¡No! Que a Feliciano Ermelindo Braga esa no lo engaña… ¡ni lo enreda! Es muy astuta, pero yo tampoco soy tonto…

—Feliciano, necesito que siempre estés ojo avizor y vigilando la casa de tu antigua señora. ¡Recuerda lo amiga tuya que era, y tan condescendiente!

—No lo olvido...

—Si no lo olvidas, dime la verdad: ¿no habla Argemiro con esa mujer?

—Que yo haya visto, no, señora...

—¿Crees que se hablan?...

La baronesa se detuvo, avergonzada. El negro arrancó a hablar:

—Anteayer, en cuanto el patrón salió, entré despacito en la sala de visitas y vi a doña Alice espiándolo por detrás de la cortina... En otra ocasión entré en el despacho y ella estaba apoyada en la caja fuerte...

—¡En la caja fuerte! Habrá que comprobar siempre que a tu patrón no se le olvide cerrarla...

—No estaba pendiente de la caja fuerte, no, señora; ¡había quitado de la pared el retrato de doña María y estaba observándolo de cerca...!

—¡Qué sacrilegio! ¡Con el retrato de mi hija en las manos!

—Ya van dos o tres veces que la he encontrado así... Parece que tiene envidia... o celos...

—¿Por qué no le has contado todo esto a tu patrón?

—¡Dios me libre! Se diría que el doctor está embrujado... No admite que nadie diga nada. ¡Además, ella puede hacer lo que quiera! Desde que esa señora entró en la casa, ya no tengo permiso ni de meter una camisa del patrón en los cajones ni de tocar sus papeles. Tengo que llevar el montón de ropa hasta la cómoda y luego es ella quien lo coloca todo. El otro día me pareció, pero no lo aseguro, verle poner un ramito verde debajo de las camisas interiores... Ya sabe usted que hay ciertas artes de brujería que solo el diablo las entiende... Después cierra todo con llave... ¿Quién podrá librar al patrón?

—¡El ángel custodio de mi hija! Feliciano, me consta que ama a un joven pobre y que se encuentra con él de vez en cuando. Dime la verdad..., ¿no va nunca por allí?

—Sí que van pobres...; a veces incluso me entran ganas de ahuyentar a toda esa canalla..., pero el patrón le dio permiso...

—¡Impostora! ¡Qué dinero gana para poder hacer tanta caridad!

—No, señora, son las sobras... Tiene en casa unos devotos que van a la cena...

—¡Así que la despensa está bien surtida!

—Pero no le diga usted nada al patrón, porque el otro día le contó al padre Assunção, delante de mí, ¡que nunca en su vida había tenido la casa tan bien administrada como ahora!

—¡¿Nunca en su vida?!

—Desde que muriera doña María...

—Ah...

—¡Ahora me acuerdo de que un día fue un joven a buscar a doña Alice!

—Y...

—Fue un lunes; había salido con doña Gloria.

—Entonces, ¿no la vio?

—No, señora.

—Pero ¿al menos no le preguntaste el nombre?

—No quiso decírmelo...

—¿Era fino... apuesto? ¡Tiene que ser ese!

Se hallaban a corta distancia de la casa cuando Gloria llegó corriendo:

—¡Abuelita! ¿Por qué no me llevaste contigo? ¡Corre, ven! El abuelito no quiere dejarme abrir el paquete que ha llegado en el coche ¡y sé que es para mí! Hola, Feliciano. ¿Cómo está doña Alice?

—En lugar de preguntar por tu padre, preguntas por... ¡la criada! Anda, ¡vamos a ver tu regalo!

—Papá viene enseguida..., pero doña Alice...

—¡Basta! No quiero que me vuelvas a hablar de esa criatura..., ¿entendido?

—Me gusta..., ¡es muy buena!

—Para la lumbre.

—¡Me gusta mucho!

—Pero doña Gloria en casa trata a doña Alice con sequedad... —observó el negro.

—¡Eso es mentira! ¡Eres un mentiroso! —protestó la niña con rabia.

—¡Gloria!

—¿Qué pasa, abuelita?

La baronesa no podía más. Entró y se encerró en su habitación. Ya se arrepentía de lo que había hecho. Que Dios la librase de condenar a una inocente, pero que le diera fuerzas para castigar a una culpable. Lo que la afligía eran los medios a los que había recurrido para conocer la verdad. El espionaje del negro..., la intervención de la vidente... ¡Ay! ¡Cómo le repugnaban ahora, a solas con su conciencia! ¿Había valido la pena vivir una vida pura y noble para cometer tales desatinos en la vejez?

El retrato de la hija, colgado a la cabecera de la cama, la absolvió de aquella culpa, sonriendo dulcemente bajo la onda pálida de los cabellos sueltos.

La baronesa sentía asco de las armas que iba preparando para el combate. Le repugnaba tener que servirse de la adivina y de Feliciano. Recelaba creer demasiado a la primera; temía hacerse eco del despecho del segundo...

y, sin embargo, aceptaba las indicaciones de la cartomántica, asombrada de haberle escuchado referencias tan veraces... ¡y había dado el paso repugnante de inducir al criado a espiar!

—El día en que reciba la carta, le revelaré todo a mi esposo —decidió— y, si no recibiera nada..., no volveré a acudir a doña Alexandrina... ¿Qué va a hacer esa débil criatura contra las disposiciones del destino? ¡Menuda vieja tonta que estoy hecha!

A la hora de comer, cuando la abuela de Gloria apareció en la sala, todo el mundo notó que estaba pálida, con ojeras marcadas y una sonrisa forzada que no lograba levantar las comisuras de su boca cansada. La carne pálida y flácida del cuello le caía sobre los encajes de la lazada, fijada con un broche de esmalte que representaba la cabeza rubia de María, copia de su último retrato, y en el que el dulce perfil de la joven parecía ya velado por una sombra de infinita tristeza. La cabellera blanca, recogida en la nuca por un peinecillo de carey, iluminaba con reflejos de plata su frente amarga, en la que el pensamiento parecía perderse en el laberinto de las arrugas.

Argemiro corrió a abrazarla y la sintió fría en el beso con el que correspondió al suyo. Enseguida acudieron todos a saludarla.

Adolfo Caldas, a quien habían recogido en la calle, se disculpó por el terno de trabajo, poniendo en las manos bondadosas de la anciana un ramillete de violetas, que esta se prendió junto al broche de la hija.

El doctor Teles le besó los dedos cortos, de uñas sin brillo, y el padre Assunção, leyendo en su rostro una agonía extraña, le dirigió una mirada penetrante que hizo que los ojos se le turbaran como el agua clara de una laguna cuyo fondo revuelve una piedra.

Gloria avanzó regocijada, con los brazos llenos de paquetes de bombones, de libros hermosos y de rosas. ¡También doña Alice le había enviado un regalo por medio del padre Assunção! Era un jarroncito para flores, de cristal blanco, tallado con mimo.

Gloria se lo tendió a la abuela, elogiando su delicadeza; pero, en el instante en que mencionó el nombre de Alice, los dedos de la anciana se abrieron trémulos y el bonito jarrón se hizo trizas contra el suelo.

Argemiro y el padre Assunção intercambiaron una mirada rápida. Gloria exclamó con un grito apenado:

—¡Mi jarrón! ¡Ay, abuelita!

—Perdona, hija… Te regalaré otro igual, perfectamente igual… No sé qué tengo en las manos. ¡Qué disgusto!

—De verdad —la censuró el barón, sin entender—, ¡no sé cómo has dejado caer de esa manera un objeto así!… Qué lástima, porque era un bonito veneciano…

Gloria miraba los añicos con los ojos anegados en lágrimas y estaba a punto de lamentarse de nuevo cuando el padre la llamó a la terraza y le aconsejó que se mostrara resignada y alegre. Luego la empujó de vuelta a la sala.

Caldas se acercó hasta ellos y, riéndose en su cara, dijo:

—¡Caramba! ¿Qué te decía, amigo mío? ¡Te hallas en plena novela, ya has llegado al capítulo de los celos! Desde fuera, el caso es bonito, incluso llega a ser interesante… *Ça marche!*

—Cállate, indiscreto. Ha sido una injusticia. Si mis ojos no lo hubieran visto, no me lo creería. ¡Tan delicada es quien lo ha hecho que incluso llego a suponer que no ha habido propósito en el desastre!

—Mira que la ingenuidad quita el apetito, si nos fiamos del ejemplo que dan las ingenuas... Vamos a tomarnos la sopa, que huele mejor que tus intrigas...

—Vamos.

—Assunção se ha quedado lívido. ¿Te has fijado en su cara? No te has dado cuenta: ¡estabas contemplando tu propia alma! No hay nada como ser espectador... Yo lo he visto todo y ha aumentado mi admiración por tu suegra... ¡Ha sido transparente! Si amas a otra tendrás que luchar con esta. *Sapristi!* Cuando las madres...

—¡Estás loco! ¡Que amo a otra! ¡Pero si ni la veo! Te doy mi palabra de honor que ni la conozco.

Caldas lo contemplaba atónito, repitiendo:

—¿En serio? ¡¿En serio?!

—Te he dado mi palabra de honor. ¿Qué más quieres?

—No quiero nada más, hijo mío, ¡estoy entusiasmado! Me basta el asombro, que es de los mayores que haya tenido en la vida. ¡Es adorable!

Gloria, de nuevo risueña, fue a llevarlos a la mesa, que el abuelo había adornado entera con margaritas blancas. El doctor Teles discutía de política con el barón. La baronesa, apartándose del sacerdote, con quien había estado conversando, designó su lugar a cada uno de los invitados y se sentó a la cabecera.

CAPÍTULO 11

La casa del doctor Pedrosa era una de las más antiguas de la Rua Senador Vergueiro. A la fachada, de antiguo estilo portugués, la vanidad del propietario había ordenado añadir un cimacio, que cubría las rústicas tejas con sus floreados medallones de estuco, y dos torreones laterales, unidos al cuerpo central por pasajes acristalados, de vidrios pequeños. Dentro de un vasto jardín cercado por una verja plateada, la residencia quedaba medio oculta de la calle por dos misericordiosos tamarindos, altos y frondosísimos.

En uno de los torreones tenía el señor ministro su gabinete de trabajo. Al otro, alfombrado por entero y decorado con *kakemonos*,[12] lo llamaban en casa el «pabellón japonés» y estaba destinado a Sinhá, que allí recibía a las amigas y pintaba sus tímidas acuarelas.

---

[12] N. de la Trad.: Se trata de un tipo de paneles alargados con pinturas o caligrafías japonesas que se cuelgan de las paredes en sentido vertical.

Era noche de recepción y la señora Pedrosa entró a toda prisa en la habitación de su hija.

—¿Estás lista?

—Sí, mamá.

—¡Cómo! ¡¿De azul?! ¡No! Cámbiate de vestido. ¡Blanco, blanco! Te he traído mis pendientes de perlas. Toda de blanco, solo con estas dos perlas en las orejas, estarás mejor. Como una novia...

La mirada de la madre acariciaba a la hija, que sonrió con tristeza.

La de Pedrosa volvió a salir, recomendándole que se apresurase; ella iría a la sala a esperar a los amigos. Antes de abrir la puerta, tiró de la hija hacia sí y la besó con ternura.

La joven comenzó a aflojar con indiferencia las cintas del vestido azul, pensando en el aire misterioso con el que la madre la atrajo a aquel beso.

Sin poder obedecer las órdenes maternas que le imponían darse prisa, nada más enfundarse en su vestido blanco se dejó caer en el borde de la cama y se quedó sentada largo rato, con los ojos fijos en el vacío y los dedos enlazados en las cintas desatadas del cinturón.

Había pensado mucho desde aquel paseo por Corcovado y empezaba a entender cuál era su papel... La madre se la ofrecía a Argemiro... Era por él por quien le había puesto en las orejas esas perlas, que parecían quemarla... ¿Por qué? Porque era rico y ocupaba un lugar destacado en la sociedad... ¿La amaba? ¡No! ¿Lo amaba ella? Quizá...

A decir verdad, la imagen de Argemiro nunca se le había presentado sino llevado de la mano de la madre... Recordaba incluso que la primera vez que lo vio le había parecido viejo y triste... Después, poco a poco, se había acostumbrado a imaginarse prometida a ese hombre serio, de quien todo el mundo decía estar volcado enteramente en su viudez... ¡Y ahí estaba ahora, celosa de una mujer cuya existencia hasta días antes ni había sospechado y que ya ocupaba el lugar que la madre le había destinado a ella!

La figura de Alice se dibujaba entera ante los ojos pasmados de la joven. Volvía a verle la faz de un moreno pálido, de facciones irregulares; el talle esbelto del cuerpo, las manos largas, el vestido ceniciento alegrado por una corbatita azul...

¿Qué idea de ella tendría Argemiro? Un ligero rubor le subió por las mejillas y escondió la cara entre las manos heladas.

La criada vino a apresurarla. Sinhá se levantó resuelta y concluyó su *toilette* sin vacilar.

Cuando entró en la sala, la madre, entre un grupo de amigas, charlaba con un hombre gordo, de largos bigotes amarillentos. Le presentó a la hija; ¡era el encargado de negocios de Inglaterra en Río de Janeiro!

Sinhá lo saludó, admirada por la habilidad de la madre. ¡Había conseguido su deseo! Allí en la sala estaba el hombre por quien habían subido en vano al Corcovado. Bien se lo había dicho: «¡Llevo a cabo todo lo que me propongo!».

Mientras atendía a las visitas que rodeaban a la madre, Sinhá prestaba atención por si distinguía la voz de Argemiro entre las de los hombres que conversaban en el gabinete del padre.

Allí, entre los libros de Derecho y de Economía Política, ordenados en estantes de madera de canela o esparcidos sobre el escritorio y la mesa, charlaban animadamente Adolfo Caldas, Argemiro, el doctor Sebrão, el consejero Isaías y el dueño de la casa.

—¡Háblenme de todo menos de política! —exclamaba Pedrosa, suplicante— ¡Ustedes no se lo imaginan! No les diré que estoy hasta los pelos de ella, porque soy calvo; pero no tengo fuerza para aguantarla ni en las conversaciones entre camaradas.

El consejero Isaías, acordándose en ese momento del empeño de Pedrosa para hacerse con la cartera, comentó desde el rincón donde había acomodado su cuerpecillo marchito:

—Se nota el sacrificio…

Caldas se levantó con aparatosidad, obviando la malicia del otro, y fue hasta el quinqué a volver a encenderse el puro, mientras Pedrosa proseguía:

—Es muy grande, y solo la patria podría exigir tanto de mí. El acto de gobernar se está volviendo cada vez más peligroso en esta tierra… Nosotros tenemos malos funcionarios y el pueblo tiene mala fe… La oposición ahora se sirve de todos los medios para impedirnos el paso, empleando las armas más pérfidas, que son las del ridículo y las de la calumnia…

—Esa señora es más vieja que Sócrates…, no le haga caso… —dijo el consejero.

—No se lo hago, pero en el fondo, francamente, me molesta. Trabajo sin pausa y al final…

—¡No hace nada! —dijo el consejero, riendo.

—¡No sea perverso, amigo! ¡O manifiéstese ya en mi contra! ¡Quién sabe si no será usted el autor de esos versillos que andan por ahí quejándose de mi falta de elocuencia y desinterés, que juzgan las cualidades primordiales de un hombre de Estado!

—Y lo son…

—No es cierto. Un político lo que necesita, sobre todo, es tenacidad, sangre fría, patriotismo, sinceridad y un gran dominio de sus pasiones…, más allá de las cualidades superiores, que le son indispensables, de inteligencia y conocimientos…

—¡Por eso su colega Marcondes tiene tanto éxito...!
—afirmó aún el consejero, con un hondo suspiro. Todos rieron, pues conocían bien las dotes escasas de Marcondes.

Pedrosa continuó, con una sonrisilla magnánima:

—¡Tiene buenas intenciones y es trabajador! Hay días en que no tengo ni tiempo de darle un beso a mi hija... ¡El hombre público es un galeote, sobre todo en este nuestro país, en el que las más puras devociones siempre se interpretan del revés!

—¡Muy bien! ¡Tiene mi apoyo! —exclamó al consejero, levantándose.

—Sé que es usted un hombre valiente desde aquella famosa cacería a la que fuimos juntos en Teresópolis... ¿se acuerda? —preguntó, sonriendo, el doctor Sebrão a Pedrosa.

—¡Y con bastante añoranza!

—Quien tiene edad y competencia para cargar con el peso de una cartera ministerial es el amigo Argemiro, aquí presente... —dijo el consejero Isaías.

Argemiro protestó; era un hombre poco maleable, no serviría para la política. Al mismo tiempo, el doctor Sebrão, volviéndose hacia Adolfo Caldas, comenzó a describir la cacería a la que había ido con Pedrosa y otro amigo por los bosques de la sierra.

—Nos habían hablado de jabalíes. Una madrugada partimos de Várzea, montados en unos viejos caballos de alquiler, nosotros y un tipo de Teresópolis, que se había presentado como excelente guía. Llevábamos buenas armas, buen fardel para el almuerzo, y habíamos quedado en volver para cenar con la familia. Ascendimos al trote, el viejo al frente y nosotros, harto esperanzados, detrás. Llegados a cierto punto, atamos a los animales y nos adentramos a pie por el monte. Imagínense que penetrar en los bosques de la sierra es como penetrar en las tinieblas. Allí, para ser un buen cazador, hay que haber acostumbrado la vista a la oscuridad del herbazal y haber criado sobre la epidermis una segunda piel, o mejor una especie de cuero para que los espinos se rompan sin herirla. Cada vez que nuestros pies se hundían en el colchón de hojas muertas, la idea de ser mordido por las serpientes se mezclaba con el placer de conseguir abatir algún puerco salvaje. El guía nos aseguraba haber encontrado señales: ramas rotas, rastro de animales en fuga. Lo seguimos con fe. Era prudente almorzar temprano. Comimos en la ribera del Paquequer, entre olorosas matas de lirios. Las aguas invitaban a bañarse. Quise hacerlo, pero Pedrosa consideró que el frescor de la linfa aplacaría mi humor sanguíneo, que antes debería verse exacerbado por un traguito de *cachaça* de Paraty... ¡Tropezando con troncos, enredándonos entre plantas trepadoras, hundiéndonos hasta el mentón en zanjas pasamos todo el día esperando la piara gloriosa! Pero los malditos de los cerdos, burlándose de los cazadores sin perros, nos despreciaron. Oscureció. Es decir: la negrura se volvió aún más negra. El guía, desorientado, nos llevaba de un lado a otro sin encontrar la salida...

»Tiritando de frío, rodeados del fragor del agua y del viento, pasamos una noche pavorosa; yo, gimiendo por los dolores de las articulaciones, Pedrosa febril e impresionado por la idea del susto que estaría pasando la buena de nuestra doña Petronilha... Hasta el día siguiente hacia las diez, famélicos, magullados y rotos, no logramos salir de la espesura. Todo el mundo corrió a vernos. Las familias lloraban. Habían pasado toda la noche por los caminos, alumbrados con antorchas, gritando nuestros nombres... Tuvimos que pasar cabizbajos y avergonzadísimos entre los curiosos..., explicar aventuras... imaginarias... ¿Y a qué no saben qué? ¡Habíamos pasado la noche a poca distancia de un hotel! El ruido del agua y del viento había ahogado los demás rumores que habrían señalado tal salvación. ¡Fue una tragedia cómica!

—¡Esta evocación no ha sido una de las más felices para consolar al amigo Pedrosa de sus tribulaciones! —dijo el marchito consejero Isaías, levantándose de su rincón. Luego se volvió hacia Argemiro—: Es hora de ir a rendir homenaje a las señoras, ¿no cree?

Se levantaron todos y ya iban camino de la sala cuando el doctor Teles entró por la puerta del jardín y retuvo a Pedrosa, que dejó salir a los demás y se quedó confabulando sobre política con el diputado.

Caldas, antes de entrar en la sala, condujo a Argemiro a un aparte y, so pretexto de terminar el puro, apoyado en la barandilla del corredor y lanzando bocanadas de humo al jardín, le advirtió:

—¡Mira que la de Pedrosa ya ha estado hablando conmigo esta tarde sobre ti!

—¡¿Cómo?!

—No me hagas repetir las palabras: te advierto que ya se sabe por aquí que tienes una *ménagère* joven y guapa…, y que los juicios son naturales. Es decir: malintencionados.

—¡Vaya!

—¡Cómo que vaya! ¿Eso es todo?

—¿Y? ¿Qué le respondiste?

—Me quedé medio tonto… Le dije que efectivamente tenías una *ménagère,* ¡pero que no la conocías!

—¿Y ella?

—Se rio.

—¡¿Se rio!?

—Escandalosamente. Yo también me reí.

—¡¿Tú?!

—¿Qué querías que hiciera? ¿Provocas una situación de comedia e impones seriedad de melodrama?

—Pero ¿qué tiene que ver ella con mi vida? ¿Habrase visto tal indiscreción? ¡Estamos buenos!

—Te ambiciona como yerno. ¡Lo sabes perfectamente! Estás harto, hartísimo de saberlo, ¿y todavía te admiras? ¡Vamos, amigo mío!

—Pero esa señora ya debe estar convencida de que no le acepto a la hija. ¡No quiero casarme! Apuesto a que no aprovechaste la ocasión para decírselo.

—¡Claro que no! Pero, a ver, ¿la muchacha esa que tienes en casa es seria o no?

—Entiendo que sí.

—Si es seria, despídela, porque la comprometes; si no lo es… ¡no deberías poner tanto empeño en hacerla pasar por lo que no es!

—¿Y mi hija? Recuerda que si tengo una mujer en casa, no es tanto por el buen orden en mi vida como para poder recibirla y tenerla de vez en cuando conmigo… Y además, ¿sabes qué?, que me importa un ardite la opinión de los demás. Tira el puro. Voy dentro a despedirme. Estoy asqueado. Te espero en casa el miércoles. No te olvides…

—¡Ay, egoísta! ¡Allí estaré con una baraja nueva!

Argemiro entró en la sala a tiempo de aplaudir a Sinhá, que acababa de tocar una *rêverie* al piano. Al verlo, la de Pedrosa fue a su encuentro:

—¡Pensé que hoy lo acapararía mi marido! ¡Créame cuando le digo que llego a tener celos de la política!

El abogado sonrió.

—Qué lástima que no haya oído a Sinhá desde el principio… Toca con mucho sentimiento… Anímela….

Dígale, aunque sea mentira..., que ha disfrutado... Para ella, sus palabras son el mejor incentivo...

La de Pedrosa buscó a la hija con la mirada para acercársela a Argemiro, pero la joven ya había desaparecido de la sala.

Este se percató de la contrariedad en la mirada de la ministra y se apresuró a decirle media docena de banalidades, esperando el momento de despedirse. Pero la de Pedrosa tenía que repartir sus atenciones. Tenía la casa llena y las jóvenes mostraban deseos de bailar...

Por fortuna, sus sobrinas, las tres hijas del doctor Adão, la ayudaron a formar los cuadros para «Los lanceros», emparejando y convenciendo a los jóvenes, que se dejaban arrastrar con complacencia al centro de la casa...

Como el pianista tardaba, fue la propia señora Pedrosa quien se sentó al piano, atacando con brío los primeros compases de la cuadrilla. Argemiro aprovechó ese instante de alegría para ir a buscar el sombrero y el sobretodo al pabellón japonés y salir a la calle sin ser visto.

El pabellón se hallaba a media luz. En las paredes forradas de esterilla, las japonesas de los *kakemonos* se movían lánguidamente entre el satén de sus cobayas y el oro de las mariposas y crisantemos de sus peinados... Las caritas de marfil, graciosamente suspendidas sobre los hombros estrechos, parecían ofrecer la cereza de sus boquitas a la dulzura un beso. Aves e insectos delicados, de alitas transparentes, volaban entre las ramas de un melocotonero en flor sobre los paneles grises de los biombos. En mitad del pabellón, un enorme y orondo jarrón, fabricado en Kioto, sostenía un profuso ramo de camelias blancas, grandes y silenciosas...

Los pasos de Argemiro murieron al entrar en el pabellón, ahogados por la esterilla, y se dirigía al fondo, donde había dejado el abrigo, cuando Sinhá salió de detrás del biombo y fue a su encuentro, trayéndole ella misma la capa y el sombrero en las manos.

Argemiro no pudo contener un ademán de sorpresa. Ella, muy seria, con una gravedad que la volvía hermosa, le tendió el abrigo y le dijo con un hilo de voz suave y triste:

—Le agradezco su resolución... Váyase, y le ruego que no vuelva a menos que sepa que yo no estoy... Para usted no será un sacrificio y, en cuanto a nosotros..., el recuerdo doloroso que nos deja se verá atenuado por la certeza de su respeto y su estima...

Vestida toda de blanco, en aquella media luz en la que bailaban insectos y sonreían japonesas, la figura severa de la joven resucitaba una visión de ensueño que perturbó el espíritu de Argemiro. Este se inclinó, le besó las puntas de los dedos gélidos y, con la voz ahogada por la emoción, afirmó:

—No la había entendido, distanciado como me encuentro de su edad y de su perfección... ¡Permítame regresar el día en que su corazón juvenil haya encontrado otro corazón joven y digno de él! Bastará entonces una palabra suya: «¡Venga!».

Sinhá no respondió. Argemiro aceptó el abrigo de sus manos y salió conmovido, mareado. Fuera, las estrellas titilaban con su luz sobre el fondo aterciopelado del cielo. El aire olía a flores. Y el viudo caminaba a pie, solitario, pensando en las sorpresas que deparaba esta vida de civilización y viendo de nuevo la palidez de la joven, su mirada sincera y transparente. ¿Acaso no habría rechazado la felicidad?

Mientras tanto, al verlo salir, Sinhá se recogió detrás del biombo llorando suavecito, suavecito, en secreto.

C A P Í T U L O   1 2

B ien dicen los novelistas que las novelas se desarrollan solas. Creado el personaje y puesto en el medio en el que tendrá que actuar, caminará por su propio pie hasta el punto final del último capítulo.

»Sucede así que el autor a veces experimenta verdaderas sorpresas, ¡como si todos los actos de sus héroes no fueran obra suya! Concebida la idea fundamental del libro, se ha creado el aliento de vida que lo animará. ¡Toda la dificultad se halla en el primer impulso! Siempre recordaré una noche en la que encontré a Tadeu, pálido, paseando agitadísimo por el despacho, verdaderamente furioso.

»—¿Qué te pasa? —le pregunté desde la puerta, asustado.

»Volvió hacia mí sus ojos desorbitados y dijo con una sinceridad conmovedora:

»—Resulta que el canalla de Blas se ha enamorado de tal manera de Delfina que no sé cómo voy a casarlo con Lucinda —respondió, apuntando con dedo colérico las hojas esparcidas de su novela, desordenadas por un viento de insumisión.

»El caso era grave. Entré, me senté y me quedé callado, testigo del duelo fantástico de un novelista con su personaje en rebelión.

»Al cabo aventuré tímidamente, queriendo dar valor a aquella aflicción:

»—¡Qué diablos! ¿Por qué no casas a la tal Lucinda con otro?

»—¿Con otro? ¡Estás loco! Lucinda adora a Blas y en ningún caso puede casarse con otro. ¡Sería un desastre! Con Blas es con quien debe casarse, ¡lo quiera él o no!

»La desesperación del novelista era tan evidente y profunda que no me reí. Desde entonces estoy convencido de que la ficción, al igual que la realidad, obedece a leyes de lo imprevisto y de la fatalidad. Después leí la novela... Blas no se casó con Lucinda. ¡Porque no quiso, está claro!

Adolfo, tras pronunciar estas palabras, soltó una bocanada de humo, se arrellanó aún más en la amplia butaca de Argemiro y suspiró:

—¡Qué bien se está aquí!

—¿Verdad? Pues esa butaca tan cómoda ¡estaba guardada en el cuarto de los trastos por inservible! Ha sido ella quien la sacó de allí, la mandó al tapicero y la ha puesto aquí. ¡Y que luchen contra una mujer que me presta tales servicios!

—Déjalos luchar... En la vida, como en los folletines, las novelas se desarrollan solas... ¡Mira cómo han acabado los esfuerzos y manejos de la de Pedrosa! Me sorprendió tanto lo que me dijiste de su hija que casi estoy enamorado de ella... ¡Palabra! Nunca supuse que fuera capaz de una escena tan fina. Parece de Tadeu.

—¡Y estaba muy bella!

—Aún mejor... —Y después de una pausa—: ¿Es guapa tu gobernanta? Me dijo la de Pedrosa que no. Conque deduzco que sí.

—No lo sé...

—Déjate de bobadas; dime la verdad.

—Ya te la he dicho.

—¿Y extiende ese mismo rigor hasta tus amigos?

—Eso parece. A no ser por Assunção...

—Tendría gracia que nuestro Assunção arrojase la sotana a las ortigas por amor a tu...

—¡Cállate, impío!

—¡Ya me callo! Pero es cada vez más adorable, Assunção. Para mí que tiene ahí dentro algo oculto, una obra de brujería, que ni mi sagacidad ni acaso tu intimidad logran adivinar... ¿No te parece?

—No. En él no hay sino amor a Dios... Nada más...

—¡Qué angelical! ¿Acaso crees que hoy en día un hombre válido se va a hacer cura por amor a Dios? ¡Historias! Escoge la vida eclesiástica como podría escoger cualquier otra vida acorde a su egoísmo y a su capacidad... Los inteligentes piensan en la vida eterna tanto como tú y como yo, pero hacen en esta lo que pueden para llegar a obispos... Me dan un miedo que ni te imaginas... Nuestro Assunção es un ejemplar único, que me recuerda a esos sacerdotes virtuosos de las novelas anticlericales con las que el autor halaga los sentimientos de los lectores cursis... Lo que más me gusta de Assunção es que es más amigo de la humanidad que de los santos; se gasta más en limosnas que en ayunos… ¿No ves el recato en el que envuelve sus acciones y sus ideas? Anula su personalidad como para dar importancia al hecho y evidenciar claramente la personalidad ajena… Diríase que la palabra «yo» se le muere en la garganta antes de llegarle a la boca y, sin embargo, es inteligente. Ya me he servido de su biblioteca; es abundante en obras clásicas portuguesas. Si fuera escritor, ¡sería un adalid de la lengua!

—El valor de Assunção, para mí, que lo conozco desde muy joven, está principalmente en su corazón. Es bondadoso. A veces creo que estaría mejor en algún pueblucho cualquiera del interior, enseñando a los niños y animando a los pobres a soportar la vida, que en Río de Janeiro. Dices bien. No es luchador ni ambicioso; es resignado y tierno. Si tuviera un hermano no podría quererlo más. No obstante, Assunção nunca me confió su secreto, que siempre ha guardado con tanto recato que me daba reparo interrogarlo. ¿Por qué no habríamos de creer en su vocación? Siempre fue un místico. La madre, una dama adorable, hizo todo lo posible para desviarlo del sacerdocio, luchó como una heroína; pero el hijo se decía llamado por Dios, y Dios venció a la voluntad materna. Siempre hemos sido amigos. Él vivía con su ilusión, yo con mi pecado; y a pesar de tener ideas tan opuestas jamás faltamos a nuestra amistad. Es cierto que me ha contagiado algo de su sentimentalismo. Es más fuerte que yo, que no le transmití ni una sombra de mi personalidad…

—¿No le conoces ni una pasión?

—La de los libros, que tú has mencionado ahora mismo; ¡e incluso tengo la impresión desde hace años de que se trata de la tabla de salvación de su naufragio!

—¿Y tu hija?

—¡Sí, adora a mi hija!

—Bueno, pues ya tiene con qué entretenerse. Dame otro puro. Son magníficos tus puros... De veras se está bien aquí. ¡Estoy que no sé si debería secuestrarte a tu Alice!

—¡Chist! Habla bajo...

—¿Temes que esté detrás de la puerta?

—¡Quién sabe!

—¡No lo dudes! Una gobernanta en la casa de un viudo solo, llegada por un anuncio del periódico..., ha de tener al menos un defectillo, y mira que el de la curiosidad es casi virtud... Antes de hablar con la de Pedrosa, imaginé que me tomabais el pelo y que la mujercita sería una matrona gorda, de pelo teñido y verruga en el mentón. Pero la de Pedrosa, más afortunada que yo, se topó de cara con ella y, por la rabia que le produjo, deduje que la muchacha ha de ser hermosa...

—¿Eso te dijo la de Pedrosa?

—Dijo que era fea.

—¿Y entonces?

—Precisamente por eso inferí que no lo es. Las mujeres siempre son contradictorias a este respecto. Para probarla, exclamé con aire de disgusto: «¡Ay, señora mía! ¡Una vieja!» Y ella, indignada: «¡¿Vieja?! ¡Joven! Y de lo más petulante, con su corbatita azul!».

—Tal vez pensó que la corbata era mía

—¡¿Y qué?!... ¡Maldita sea, corre esa cortina!

—Habla sin cortapisas. Nadie nos escucha.

—¡Qué confianza!

—Absoluta.

—¡Es extraordinario!

—Sí que es extraordinario. Desde que esta mujer entró en mi casa, soy otro hombre, mucho más tranquilo y mucho más feliz. Nunca la veo, pero la siento; su alma joven de algún modo inunda estas salas vacías de juventud y alegría. Solo con los criados, me abandonaba. A veces iba al almorzar con ropa *de chambre* y en zapatillas; pasaba por el jardín sin mirar los parterres y, por miedo a alterar las cosas del antiguo orden en el que las había dispuesto mi mujer, dejaba que envejecieran monótonamente, sin una reforma que las alegrase. Estaba enmohecido, tenía moho en el alma. Tiraba las colillas de los puros por casa... ¡Estaba, en fin, descuidado y torpe! Después, al sentir su influencia, al notar sus gustos refinados, que en todo se traslucían, comencé a exigirme hábitos más corteses y a tratar a mi persona con más consideración y mayor cariño. La idea de que, al salir a la calle, ella pudiera verme por una rendija del postigo, me hacía prestar atención al jardín y observar su progreso y sus mejores cuidados... Almorzando, veía en la silla vacía frente a mí a mi gobernanta observando de qué manera me llevaba el tenedor a la boca o llenaba la copa de vino. Retomé sin darme cuenta mis gestos elegantes, que se habían visto perjudicados por el abandono en el que tantos años he vivido en esta casa, dirigida por un negro ladino. Al entrar en la calle, nunca he llegado a sorprender a mi gobernanta, como le sucedió a la de Pedrosa; pero venía y viene a mi encuentro con un aroma fresco de huerto florido y que nunca había sentido antes de su llegada a esta casa. Tú mismo lo has dicho hace un momento: «¡Se está bien aquí!». Poco a poco las cosas mudas que me rodeaban, y que solo me sugerían añoranzas y melancolías, fueron desprendiéndose de ese aspecto malsano y acaso ridículo, y animándose con nuevos lustres o colores risueños que me procuraban bienestar. Sillas viejas, de tapicería deshilachada, abandonadas en algún cuarto del sótano, subieron abrillantadas y retapizadas de nuevo para ocupar los rincones desguarnecidos de las salas, ¡donde la comodidad es ahora mayor que nunca! Fíjate en el suelo: ¡un espejo! Mira las cortinas: ¡resplandecientes! En un ambiente en el que el aseo era cada vez más primoroso, tuve que corregir los defectos que había ido adquiriendo en la soledad y la dejadez... Estoy solo, pero siento que soy objeto de la atención y la magnanimidad de alguien... Esta caricia sin manos me sabe bien, tanto más cuanto que me exime del trabajo de agradecérselo. Si no la quería ver antes por prudencia, ahora no quiero verla por egoísmo, para no acabar con esta ilusión agradable y extraña, pero harto sincera. Una noche, al entrar inesperadamente en casa, reparé en que alguien huía precipitadamente de la sala. No logré vencer la curiosidad y entré. Junto a la ventana del jardín, cerca de una mecedora, encontré un libro abierto. Lo tomé. Olía a flor de fruta. Era una novela inglesa. ¡Mi gobernanta leía en inglés! Fue la primera revelación. Deposité el libro cerrado sobre la mesa y vi su nombre escrito en la portada. Tal vez para simpatizar con ella bastaría eso; para respetarla, el modo en que ha sabido corregir a Gloria de sus brusquedades de niña malcriada...

—¡A saber cómo terminará todo esto!

—No terminará. Mientras se limite a ese papel, yo seguiré encantado en el mío. Si no..., se irá y trataré de encontrar a otra por el mismo procedimiento escandaloso pero cómodo.

—¡Mmm!

—Al final, quizá sea fácil...

—¡Es imposible, te lo digo yo! ¡Esa mujer tiene que haber venido acosada por una gran miseria! Me recuerda a una garza de mar que vi cazar en los bosques de lo alto de la sierra. Había huido de la tormenta, sola, blanca, hasta llegar a aquellos parajes desconocidos e inhóspitos. ¡Pobre ave marina!

—¿La mataron?

—Y la disecaron.

—Esperemos que esta no corra la misma suerte.

—¡Si fuera por tu suegra!

—¡Qué celosa es! ¡Como si pudiera haber alguien en este mundo que me hiciera olvidar a María!

—Lo hay…

—¿El tiempo?

Caldas no respondió y sonrió antes de responder:

—Dicen que la fama sin provecho hace mal al pecho. ¡Tu gobernanta morirá tísica!

—Pobrecilla… Defiéndela cuando se dé la oportunidad. Soy tan malo que la sacrifico por mi bienestar. ¡Y por mi imperfección! ¡Es ignominioso! ¿No crees?

—Es humano. La mujer vino al encuentro del desastre. Tenía obligación de preverlo. Tal vez lo desease… ¿Qué somos todos? ¡Pozos de misterio! ¿Qué puede esperar una mujer que se alquila (por más que te repugne la expresión, es normal en este caso) para llevar cuenta y gobernar la casa de un hombre solo? Tu egoísmo se explica, has pagado por ese derecho; ahora bien, su sumisión, mi buen Argemiro, es la que no tiene más vuelta de hoja por la que encararla. Para mí, es simple y llanamente una especuladora.

—¡No digas eso!

—¿Por qué te indignas?

—No…

—Acaba…

—Sin haberle puesto nunca los ojos encima a la pobre muchacha, me parece que la conozco desde hace mucho tiempo… Confiaba naturalmente en su orgullo para defenderse ante cualquier asalto. ¿Por qué no creer que ha venido a mi puerta acosada por la miseria, como tú mismo has dicho, sin pensárselo bien? Lo único que me impresionó de ella el día en que la contraté fue al contemplar sus botines despellejados… No le vi la cara, pues la traía velada, pero sí los pies. Con lo cuidadosa como demuestra ser en todo, ya ves que solo acuciada por una gran necesidad se sometería a andar así…

—Porque solo una mujer pobre se somete a un puesto así, naturalmente; pero las pobres honestas tienen otros medios para ganarse el pan, menos sospechosos y, sobre todo, menos arriesgados… Tu suegra, en la insensatez de sus celos, tiene un puntito de razón… Desde fuera nadie puede creer que esta situación sea otra cosa sino una fantasía.

—Pero ¿qué le importa a nadie?

—A los demás, nada; pero a tu suegra quizá sí, ¡por tu hija!

—No es por Gloria… ¡es por mí! Mi suegra es un centinela siempre alerta para defender mi corazón. No le importa que me roben los bienes o que despilfarre mi fortuna, que tenga o no tenga amigos, que trabaje o que descanse, que sufra o me divierta; ¡lo que no quiere, bajo ningún concepto, es que ame! María vivirá eternamente ante mis ojos, como vive ante los suyos, y mantendré hasta mi último aliento la promesa que le hice de no volver a casarme…

—Bobadas…

—¡¿Qué quieres que haga?!

—María era un ángel…, pero hoy es un fantasma; y un hombre no puede vivir abrazado a una sombra…

—Pues díselo tú…

—En cuanto tenga ocasión.

—No la mortifiques. Yo, bien lo sabes, estoy perfectamente de acuerdo con ella.

—Eso es lo que tú crees. En todo caso, voy a darte un consejo: despide a la gobernanta o dale un papirotazo a todas esas convenciones románticas en las que te enredas y trátala como todo el mundo trata a las gobernantas… Me parece que le hemos dedicado demasiada atención a una criatura que quizá no merezca tanta…

—O tal vez más…

—¡Es lo que te estoy diciendo!

—No te entiendo.

—¡No es de extrañar, visto que no te entiendes ni tú! Solo te diré una cosa más para terminar: la imaginación es una amiga peligrosa y tú estás abusando de ella.

—Estás bobo y sibilino. Según tú, acabaré enamorado de una mujer que vive en mi casa y que me obstino en no conocer, juzgando quizá que le dedico demasiada atención. ¡En absoluto! Pienso en mi gobernanta, que quizás esté picada de viruela, o desdentada, tanto como pienso en Sinhá, que tiene los ojos que tú sabes y la piel delicadísima. Fiel a mi difunta, no por virtud, sino porque no encuentro en el mundo mujer que se compare con ella, me deleito en el sacrificio de vivir abrazado a las sombras… Es mi rareza…

—Hazte espiritista.

—Nunca.

—Como espectador, estoy disfrutando del caso. Lo que te pido es permiso para conquistar a la muchacha…

—Lo tienes...

—¿Y si aceptase mi cortejo?

—Tanto mejor para ti...

—¿No impones ninguna condición?

—Mientras no sea en mi casa...

—¿Sabes dónde está la suya?

—¡No sé de dónde viene ni presumo adónde irá!

—¡Como un sueño!

—¡Tal cual!

El reloj del despacho marcaba las seis cuando el doctor Teles y el padre Assunção llegaron a casa de Argemiro. Teles resplandecía. Ese miércoles había hablado en la Cámara. Se le veía la vanidad en la cara, desnuda de vello, y, con todo el cuerpo envuelto en un traje de levita color avellana, parecía crecerse de la satisfacción. De vez en cuando, se miraba con una sonrisilla las uñas relucientes, como si en ellas releyera su discurso célebre y sensacional...

Assunção venía triste, con un aire cansado que apenas disimulaba, reconociéndose agotado por una larga caminata. Mientras los demás, con el vaso de vermú en la mano, discutían del último escándalo de la Cámara, él, recostado en el diván, levantó la mirada al retrato de María, colgado en la pared de enfrente, con su dulce perfil rubio desvaneciéndose por el emblanquecimiento de las tintas.

La belleza..., la bondad..., la juventud..., todo se desvanece con el tiempo como el humo deleble. En el corto pasaje de la vida, todos los trazos se confunden en la distancia, los que marcan los caminos de la alegría y los que vienen de la tristeza... El anhelo del pasado es una niebla que todo lo envuelve en la misma claridad engañosa y opaca...

CAPÍTULO 13

La noche estaba oscura. Alice se levantó el cuello del abrigo y, tirando del velito hasta bajarlo al mentón, encaminó sus pasos en dirección al Largo do Machado, sin paciencia para esperar el tranvía a la puerta de casa.

Tras ella, a corta distancia, Feliciano no le quitaba los ojos de encima, cosiendo a las paredes su cuerpo delgado. La sombra, protectora de secretos, se confundía con el color de su tez y desvanecía su imagen. Los tacones de la joven percutían la acera con golpecitos menudos y sonoros; los de él se dirían forrados de terciopelo.

El espionaje tiene alas de murciélago, teme la luz, pero se propaga por las tinieblas sin rumor ni recelo. Su elemento es el misterio. El deseo del mal es silencioso. ¡Ay, si él pudiera desplegar unas uñas afiladas y hacer sangrar en la oscuridad la carne blanca de aquella mujer!

¿No había sido ella quien lo había desacreditado delante de aquellos a quienes antiguamente dominara como señor? ¿Todas sus flaquezas, todas sus pequeñas infidelidades no habían sido intuidas y descubiertas por esa criatura imperativa y dulce a un tiempo? Ni una palabra había brotado de sus labios, pero la verdad salta por los ojos cuando no la dejan salir por la boca.

Lo sabía todo. Lo trataba como a un inferior, una máquina de servicio, siempre necesitada de dirección. ¡No había sido para eso para lo que había aprendido a leer en la misma cartilla que su antigua amita!

Sublevado contra la naturaleza que lo había hecho negro, odiaba al blanco con el odio de la envidia, que es el más perenne. Imputaba a Dios el crimen de la diferencia entre razas. ¡Un ente misericordioso no debería haber hecho de dos hombres iguales dos seres distintos!

Ay, si pudiera desprenderse de aquella piel abominable, aunque fuese a fuego lento o a base de afilados cortes de navaja, correría a deshacerse de ella con júbilo. Pero la abominación era irremediable. El interminable cilicio duraría hasta que, en el fondo del hoyo, los gusanos dejaran desnuda su blanca osamenta...

¡Blanca! Era la mujer blanca la que él prefería, despreciando con repugnancia a las de su raza.

La superioridad de aquella cuyos pasos repiqueteaban delante de él lo exasperaba. Su humor inalterable, sus hábitos de aseo y de orden no le habían dado ocasión de practicar la pequeña intriga fácil y perturbadora. Había llegado el día de castigar la afrenta de aquella blanca entrometida, a la que odiaba, y ardía por herirla divulgando algún secreto que la comprometiera. Despreciaba el ardid en favor de la verdad, pero si esta se le escapara, recurriría a todo, incluso al hechizo de algún viejo compadre africano.

No obstante, solo echaría mano a ese recurso extremo cuando no pudiera contar con los de su inteligencia y malignidad.

Aún conservaba en la memoria una sentencia materna: «Quien hechizo hace, de hechizo muere», y tal idea lo atormentaba. La madre era descendiente de los mina.[13] Debía de saber... ¿Quién era aquella blanca pobre y presuntuosa más que él en el orden de las cosas, para mirarlo por encima del hombro, con un airecillo de superioridad de patrona hidalga?

—¡Me las pagará!

Lo que ahora quería era saber bien de su vida, penetrar en el misterio de aquella existencia fluctuante, sin raíces conocidas: apoderarse de un secreto que la volviese esclava de su voluntad poderosa.

Al igual que a los de Adolfo Caldas, ella también representaba a sus ojos el sucio papel de especuladora.

No era otra cosa; pero la intrusa recibiría su castigo, infligido con mano de hierro y en la hora determinada por su justicia.

El arrepentimiento entraría entonces en el corazón de Argemiro.

El tranvía tardaba y Alice no disminuía el ritmo de sus pasos. Mejor así; le gustaba ir a pie, detrás de aquella figurilla nerviosa y huidiza.

---

[13] N. de la Trad.: Los mina, también llamados ané, son un pueblo de África Occidental que vive al sur de Togo y Benín. El nombre *mina* proviene de Elmina, la apelación que los portugueses dieron en el s. xv a la localidad de Adina, en Ghana, en honor a san Jorge de la Mina, patrón de Portugal, y que constituyó el mayor puerto de embarque de esclavos de la región.

Quien tanto se apresura corre hacia la felicidad, que para la contrariedad el paso es lento. Pensaba el negro: «Va a alguna entrevista de amor…».

Eso lo contrariaba… ¡y con tal idea le crecía la rabia contra la usurpadora de sus regalados descansos y de su autoridad de jefe!

Había acabado con su prestigio. Quienquiera que viniese después de ella encontraría sembrada en la casa la simiente de la desconfianza. Y un día, adiós a Feliciano, que leía el periódico en las butacas del amo con sus deliciosos puros entre los labios.

¡Un tranvía! Y el tranvía paró a un gesto de Alice, quien se subió a uno de los bancos de la parte delantera, arrebujando, estremecida, su cuerpo friolero bajo el abrigo color de miel.

Feliciano, de pie sobre la plataforma, no la perdía de vista.

La joven descendió en el Largo do Machado y, pasando por delante de la iglesia, siguió en dirección de la Rua Bento Lisboa.

El negro la seguía a poca distancia, dando gracias al viento que hacía ulular la arboleda de la plaza y ahogaba otros rumores. En la Rua Bento Lisboa, Alice apretó el paso. Parecía llevada por un fuerte deseo. ¡Feliciano la espiaba afligido, presa de la ansiedad!

Lo que le admiraba era no ver aparecer un hombre a quien le diera el brazo, que la comprometiese a ella y lo ayudara a él en la intriga… Además, él no quería creer, ¡quería denunciar!

De repente se detuvo; la joven desapareció tras la puertecilla negra de una casa antigua, medio en ruinas.

Feliciano pasó, volvió a dar una vuelta, sondeó con mirada atrevida el pasillo oscuro, miró si había alguien en el vecindario a quien pudiera hacer alguna pregunta, se apoyó en un umbral enfrente y esperó, indignado, ante aquellas paredes ¡que el puño de un hombre echaría abajo y que escondían el misterio deseado!

El viento y el polvo obligaban a los habitantes del lugar a la reclusión. Las ventanas cerradas entristecían la calle de ordinario animada. ¿Qué sucedería allí dentro?

Feliciano permaneció una o dos horas a la espera, como un vigía cuidadoso, firme en su puesto. ¡Ni un mínimo rayo, ni un tenue hilo de luz venía a interrumpir la tiniebla de aquella fachada muda!

El negro tenía ganas de ir a posar el oído a las ventanas o de entrar en el corredor, cansado de esperar, presa de una impaciencia que lo enfermaba.

Eran casi las diez cuando oyó un rumor de voces y reconoció la de Alice. Después reapareció la joven, cerrando la puerta tras de sí.

La casa, impenetrable, guardaba su secreto. Alice se deslizaba por las sombras con el mismo paso apresurado. ¡Se diría que el mismo deseo la llevaba al punto del que había partido tres horas antes!

Desorientado, Feliciano dudaba si seguir a Alice, cuyo destino conocía, o si quedarse unos instantes más esperando a ver si alguien por ventura salía de la casa. Los miércoles Alice nunca entraba más tarde de las diez, luego marchaba camino de Cosme Velho. Lo que ahora le interesaba a Feliciano era quién quedaba en la casa. Habían comenzado a caer gruesas gotas de lluvia, y las farolas de gas apenas disimulaban la oscuridad. Sin miedo ya de verse sorprendido, Feliciano comprobó el número de la puerta por la que había salido Alice, pero solo se alejó cuando oyó que echaban el cerrojo por dentro.

«Quien estuviera se queda…, así que me marcho». Y así regresó, intrigado, molesto, con un odio aún mayor por aquella mujer que se escapaba entre los dedos flacos cuando había creído agarrarla para toda la vida.

En fin, ya sabía algo: se había aprendido el camino a la casucha a la que acudía furtivamente todas las semanas, a horas y en días fijos…

«¡Quien se fía de mujeres va bien servido!… —pensaba para sí el negro mientras desandaba el camino—. Y esta es todavía peor que las otras, porque es una falsa. ¡Falsa como Judas!».

—Me las pagará…

Alice rodeó la casa por el jardín y entró por la puerta del fondo, evitando un encuentro probable con Argemiro, que hablaba en voz alta en el despacho, junto a la salita delantera.

Cansada, se sentó un momento en el comedor antes de subir a su cuarto, vigilando la puerta del despacho, dispuesta a huir a toda prisa si él aparecía. Con las manos abandonadas sobre las rodillas, sonreía con amargura ante las palabras de Argemiro, que le llegaban nítidamente a los oídos. Arengaba en contra de las mujeres. Los otros le daban la razón, citaban ejemplos destacados de escándalos, se reían alto y declaraban el matrimonio una institución malparada.

A una frase atrevida de Argemiro, respondió Adolfo Caldas con malicia:

—Siempre que por un anuncio del periódico acudieran gobernantas jóvenes a casa de viudos solitarios… ¡Pero es que ni siquiera son todos viudos, amigo mío!

Teles rio en alto; la voz de Assunção dijo algo que la conversación de los demás ahogó.

Que gritasen. Alice se había tapado los oídos con los dedos y subió corriendo a su cuarto, donde se encerró por dentro.

Quien hablaba en ese momento en la sala era el padre Assunção:

—Aún quedan mujeres tan puras como las más puras de todos los tiempos. He oído a numerosas Ruths en el confesionario y conocido almas adorables de inocencia y de bondad. Vosotros las conocéis por fuera, yo por los sacrificios..., porque normalmente son las sacrificadas las que vienen a pedirnos consejo y consuelo. He encontrado en mi camino sublimes abnegaciones, siempre por parte de las mujeres...

—¡Porque los hombres no se confiesan!...

—Se confiesan algunos, pero no dicen todo, o bien, cuando lo dicen, hacen que te estremezcas. Tengo mucho respeto por la mujer, y sobre todo por la mujer pobre, porque la pobreza nunca deja de ser afrontada, ni la mujer humillada.

—Mi evangélico Assunção, ¡creo que tu psicología está equivocada! Nosotros nos sacrificamos mucho más...

—Nosotros nos sacrificamos por las ideas; ellas se sacrifican por nosotros, que somos menos generosos en la recompensa y más ingratos...

—¡Menudas cosas debes de haber oído, padre! A mí lo que me espanta y me revuelve es que aún haya padres y maridos que consienten esa abominación del confesionario. La religión no podría haber inventado cosa más vil y repugnante. Vámonos.

—Vámonos, que la noche está más negra que un alma pecadora —dijo Teles, al tiempo que Adolfo proseguía:

—¡Que nunca me oigas en confesión, padre! Me mandarías al infierno por telégrafo. Basta que te confiese lo siguiente: mañana asaltaré tu biblioteca. Necesito a Rodrigues Lobo...[14] A aquel... *Pastor peregrino*.

Assunção, mientras buscaba el sombrero, exclamó:

> *Cabellos que en vuesa color hermosa y pura*
> *Estáis al mismo sol causando envidia,*
> *¿Qué confianza en vos será segura...?*

Pero Teles lo interrumpió:

—¡Mira que Argemiro tiene sueño y yo me muero por verme de vuelta en la pensión...!

Bajaron y, una vez en la calle, el padre recordó una frase más del clásico:

—«Dejadme, engañosas alegrías, que no busco en la ventura sino aquello que a mi destierro sin esperanza y a mi vida desesperada conviene».

—Me huele a moho cuando oigo a los clásicos —comentó el diputado.

Adolfo se encendió un puro. Assunção se adelantó para mandar parar el tranvía.

---

[14] N. de la Trad.: Francisco Rodrigues Lobo (1580-1621) fue uno de los introductores y mayores exponentes del Barroco en la literatura de Portugal. Aunque compuso la mayoría de sus sesenta y un poemas en español, la novela pastoral *El pastor peregrino* (1608), que combina verso y prosa, fue escrita en portugués.

CAPÍTULO 14

L a baronesa aún no había recibido la carta anunciada
por la vidente y andaba inquieta, enferma. Gloria
volvía radiante todos los lunes de las visitas pater-
nas y no tenía en la boca sino el nombre de doña Alice.

Aquello hacía que la desesperación de la pobre señora
se recrudeciera.

—¡Doña Alice! ¡Doña Alice! No haces más que hablar
de la tal doña Alice. ¡Qué personaje!

—A mí me gusta…

Asiendo las manos de la nieta, tirando de ella hacia sí,
la abuela preguntaba entre suplicante e imperativa:

—Pero ¿qué te hace esa mujer para que la quieras
tanto?

—Nada…, pasea conmigo…, habla…

—Miedo tengo de esas conversaciones… ¡Es tal cual
como la historia de los zapatitos de hierro!

—¿La de la vaquita Victoria?[15]

—Sí... ¿Qué te dice esa mujer?

—Muchas cosas... Ayer fuimos al jardín zoológico. ¿Te lo puedes creer, abuelita? ¡Me contó la vida de todos aquellos animales!

—Mentiras... ¡Qué va a saber ella!

—Se lo conté a papa y me dijo que era verdad.

—¡Ay! ¿Le cuentas a tu padre todo lo que va diciendo? ¡Ya lo decía yo! Es tal cual la historia de los zapatitos de hierro... Un día te enterrará igual que la madrastra le hizo a la otra.

—¡Pero ella no es mi madrastra! Ni dice nada malo... Pregúntale al padre Assunção. A él también le gusta hablar con doña Alice. Ayer estaban muy tristes.

—¡¿Los dos?!

—Los dos.

La baronesa se rio.

—¿De qué te ríes, abuelita?

—De nada... ¡Me pareció gracioso! ¿Iba bien vestida, tu doña Alice?

—Así, así... Cuando sale, casi siempre lleva el mismo vestido. Es pobre...

—¿Usa anillos...? ¿Tiene alguna joya...?

La nieta se admiró de ver a su abuela de pronto tan ruborizada y, antes de responder a la pregunta, exclamó:

[15] N. de la Trad.: Probablemente se refiera a la versión de *Blancanieves* de los hermanos Grimm, en cuyo final la madrastra es castigada a bailar hasta morir calzando unos zapatos de hierro al rojo. En cuanto a la «vaquita Victoria», existe en portugués la siguiente cancioncilla: «Era uma vez / Uma vaquinha chamada Vitória / Morreu a vaquinha / Acabou-se a história» (Había una vez una vaquita llamada Victoria; murió la vaquita y se acabó la historia). Parece, pues, que la anciana no se molesta siquiera en corregir el equívoco de la nieta.

—¡Nunca te había visto tan colorada! —Y a continuación, con toda naturalidad —: No usa anillos... ni tampoco joyas.

—¿Nunca te ha hablado de su familia...?

—Nunca... Papá me recomendó que no le preguntase nunca.

—¡Ah! ¡Tu padre te lo recomendó!

—¿Por qué sería, abuelita?

—Porque generalmente esas mujeres no tienen familia.

—¡Pobrecitas! Pero ¿cómo «esas mujeres»? ¡Doña Alice es como todas!

—Tal vez más bella...

—No... ¡Ayer tenía unas ojeras enormes!

—¡Pobre infeliz!

—¡Querría que te gustase!

—¿Para qué? Estamos muy bien así..., ¡cada uno en su lugar!

—Ya he aprendido mucho con ella...

—¡Quiera Dios que no lo aprendas todo!

—¡A papá le gusta que me enseñe!

—Ah...

—Al padre Assunção también... Ayer asistió a mi primera lección de dibujo. Una lección por semana solamente es poco...; abuelita, ¿por qué no dejas que doña Alice venga de vez en cuando para darme otra lección?

—¡Nunca!

Gloria retrocedió, asustada; la anciana se contuvo antes de continuar:

—¿Los retratos de tu madre todavía están en los lugares de siempre?

—Sí..., uno encima del piano..., otro en el despacho..., otro en la habitación de papá...

—Entonces, ¿han quitado el del tocador?

—¡Ay! ¡Es cierto! Y otro más en el tocador. ¡Qué bien te acuerdas, abuelita!

—¡Mi pobre hija!

—El de la habitación de papá se está volviendo blanco…

—¡Hasta desaparecer! ¡Y que la imagen de María se borre al mismo tiempo de la memoria y del papel! —dijo la baronesa ahogando un suspiro.

—¿De la memoria de quién?

—Ve a jugar, Gloria mía; corre, haz tus travesuras de antaño… Quiero oír tus gritos, tus carcajadas… ¿Dónde está tu cabritilla? ¡Ya no le haces caso!

—¿Cómo que no? ¡Doña Alice incluso me ha prometido hacerle un collar!

—Ya estaba tardando…

Las manos de la abuela se aflojaron. Gloria huyó al huerto.

—¡Todo ha terminado! Ha vencido y ya los domina a todos. Gloria, la hija de mi hija, acaso ya ame a la otra más que a mí… Bien que ha trabajado, la maldita… ¡y no hay quien defienda a mi pobre María! Ni siquiera Assunção… ¡Nadie!

La baronesa volvía a ver la escena, que no se le iba de los ojos: María, recostada en los almohadones de la cama, muy enflaquecida, con el cabello rubio esparcido sobre los hombros enjutos y los ojos engrandecidos, circundados de violeta… A la cabecera, de pie, el padre Assunção, lívido, con los ojos velados por una expresión de agonía dominada. Argemiro, de rodillas junto a la moribunda; ella al pie de la cama, las manos unidas, mirando, ¡con la insensata esperanza de un milagro!

En su alma todavía resonaba la voz de la hija:

—¡Jura, Argemiro, que no volverás a casarte!

—¡Lo juro!

—¡Jura que siempre viviré en tu corazón!

—¡Lo juro!

La voz de María era como un soplo; la de Argemiro, ¡formidable!

María murió sonriendo, con los dedos enredados en la cabellera del esposo... No había hablado de su hija..., no había mirado a su madre. Había sido toda de él... ¡y él rechazaba aquella imagen angelical para sustituirla por la de una mercenaria! Por aquella maldita.

¿Cómo expulsarla de allí? ¿No estaría perdiendo demasiado tiempo...?

***

Una tarde, Feliciano fue a buscarla y, al informarla de su espionaje, la anciana lo mandó callar. No quería saber nada por tales medios. ¡Que se marchase!

El negro no pudo reprimir un gesto de asombro. ¿No había sido ella quien lo había empujado a hacerlo?

Así había sido, pero en un momento de desánimo y debilidad. Luego se había avergonzado. Había recobrado la calma; ya tenía un plan. Despidió al negro sin más explicaciones y con la prohibición de seguir a la joven.

Feliciano salió cabizbajo, maldiciendo a las mujeres.

La baronesa dirigió su pasos pesados de mujer gruesa al despacho del marido, que se entretenía con la colección de su herbario.

—Trescientos veinticinco... —murmuraba el barón, mirando sus listas—. ¿Qué sucede? —preguntó después sin levantar la cabeza, aunque advirtiendo alguna novedad en el aire.

—He tomado una decisión.

—¿Cuál?

—Ir a vivir con Argemiro.

—¿Cómo?

—Ir a vivir con Argemiro.

—¡Pero bueno! —El barón se quitó los anteojos y ahora miraba de frente a su mujer—. ¡Qué idea!

—Como cualquier otra, querido…

—¡Quia! ¡No podemos vivir en la ciudad!

—¿Por qué no?

—¿Que por qué no?… ¡Por todo! A ti te gusta esta libertad… Hace treinta años que te enterraste aquí y de aquí no has querido salir para nada… Para mí, lo confieso, al principio era un sacrificio; ya no. Mira esta mesa, ¿la ves? Estoy catalogando mis plantas…, ¡plantadas aquí en mi finca y atendidas únicamente por mí…!

—Vendrás a la finca de vez en cuando.

—¡Estás loca!

—¡Nunca lo he estado menos!

—Cuando María vivía nunca se te ocurrió, y ahora… ¡Caramba!

—En tiempos de María yo no hacía falta allí para nada; ahora sí.

—¿Que haces falta? ¡¿En casa de Argemiro?! ¿Para qué? Estás soñando…

—Bien despierta estoy. Sois vosotros los que estáis dormidos…

—Mmm… Ya sé… Deja a la muchacha esa en paz, mi vieja celosa —exclamó el barón, riendo y colocándose de nuevo los anteojos en la nariz.

—¡También tú…!

—También yo… ¡Qué diablos! ¿Imaginas un mundo a tu gusto y quieres gobernarlo todo a tu antojo? ¿Combatir a la muchacha? ¿Por qué? ¿Porque es limpia, económica, conduce bien la casa de tu yerno y, además, da lecciones útiles a tu nieta? ¡Pero eso es una insensatez!

—¿Para qué te sirven los ojos? ¿Para qué te sirven el entendimiento y la moral? ¿Ya te has olvidado de las últimas palabras de nuestra María? ¿No las oíste tan cerca y tan bien como yo?

—Nuestra María… murió…

—Para ti y para los ingratos; ¡no para mí, su madre, que la adoro y la tengo siempre ante los ojos! ¡Qué triste es la muerte, que incluso hace que los propios padres olviden a sus hijas!

El barón volvió a quitarse las antiparras, puso un peso sobre los papeles en los que cataba sus plantas y contempló a su mujer largo rato, con tristeza. Estaba abatida, tenía con los ojos hinchados, las mejillas macilentas, el cuello más flácido y colgante.

—¡Mi pobre vieja! Ten paciencia y resígnate. Comprendo tu dolor, pero tú también debes hacer un esfuerzo por comprender el mundo tal y como es. Imagina que tu nieta fuera ella, nuestra María, y concentra en la niña todo tu cariño y todo tu amor… No pido nada para mí… ¡bien lo ves! Gloria es la hija de tu hija, vive aquí por ella, en medio de tus árboles, y no pienses en lo que sucede allí abajo, en casa de los demás.

—En casa de mi hija.

—De tu yerno. Tu hija ya no existe.

—¡Existe para mí! Además, ¿no ves que ya me están robando a mi nieta? ¡Dentro de nada estaremos solos!

—No… ¡No es para tanto!

—Desde que Argemiro tiene a esa sabandija en casa…

—Está satisfecho y tiene su hogar en orden. Si en lugar de ser su suegra fueras su madre, bendecirías a esa pobre muchacha… Ten cabeza, por Dios, no vivas con la mirada fija en un fantasma y piensa en la realidad de las cosas.

—Estaría bien… siempre que Argemiro no violara el juramento que le hizo… al fantasma…, ¡como tú lo llamas!

—Escucha; cuando juró, hizo bien en jurar. Entonces creía que podía cumplir tal juramento y, aunque no lo creyera, lo habría jurado igual, porque era la voluntad de una moribunda. Gracias a esa promesa, nuestra hija murió con una sonrisa. ¡No me interrumpas! Argemiro fue un marido poco común, amoroso, serio, y le concedió a su esposa la más amplia y perfecta felicidad. Ella murió. Él fue (si es que aún no lo es) fiel a su memoria durante muchos años. Si ahora se enamorase, no tendrías nada que decir. Aún es joven y esa circunstancia basta para explicarlo todo. Debemos estarle agradecidos.

—Entonces te parece muy natural y muy bonito que ponga a su hija en contacto con la…

—No acabes la frase…

—¡También tú la defiendes!

—¡También yo!

—Pero ¡si no la conoces!

—Conozco a Argemiro. Eso me basta. Él ya nos ha expuesto más de una vez en qué condiciones tiene a esa joven en casa. Si le entrega a su hija es porque la juzga digna de recibirla; ¡y no puedes negar la influencia moral que ha ejercido en tu nieta! Gloria repite palabras y practica actos que reflejan un gran sentido moral. ¿Es o no es verdad?

—¿Quién nos dice que no se trate de hipocresía?

—¡Adiós!

—¡Estáis ciegos!

—¡Solo tú ves!

—Solo yo.

—Pues ojalá fueras ciega, porque tu clarividencia solo te hace mal. ¿De qué te sirve otear desde lejos tantas cosas que nadie más ve?

—¡Me sirve para defender a quien ya no tiene a nadie que la defienda!

—Si tu hija te escuchase desde el cielo, ¡lloraría!

—Haces bien en decir «tu hija». ¡Ahora solo me tiene a mí!

—Bueno… Tranquilízate…

—Estoy tranquila.

—En tal caso, aún te diré que Argemiro es dueño de sí y que nosotros no tenemos ninguna autoridad para entrometernos en su vida. Hará lo que le parezca bien. Además, ¿qué es lo que le juró a María? Que no volvería a casarse. ¿Se ha casado? No. Luego entonces…

—Pero vive como si lo hubiera hecho…

—¡¿Y tú qué sabes?! Déjame trabajar… Lo siento mucho, pero no puedo razonar contigo. Trescientos veinticinco…, creo que ese era el número…

—Qué frío eres…

—Soy viejo y tengo juicio.

—Yo también soy vieja…

—Pero eres mujer y vives más con el sentimiento que con la razón… Alimentas la idea de que tu hija siente, sufre, existe, y exiges que ocupe un lugar que lamentablemente está muy vacío… Te deleitas en remover añoranzas; te obsesionas con pensamientos de los que deberías huir; la muerte te asusta y la idea de la nada te aterra, así que creas un mundo aparte para tu hija, que, si sigue viviendo, ¡es solo en tu cerebro, aún más que en tu corazón! Reacciona contra esa tortura…

—Es mi consuelo…

—¡Es tu desesperación!

—No lo es… Tal vez tenga que ser como dices… Pero me aferro a esta ilusión para poder soportar la nostalgia…

—No llores…

—¡Me siento tan sola!

—¿Y yo?

—Has huido de mí…

—No, viejita mía, estoy y estaré contigo hasta la muerte. Lo que te hice sufrir en la juventud te lo quiero redimir en la vejez… Tu madre, sí, tendría razón al quejarse de mí; pero ¡tú no la tienes con Argemiro! Nuestra hija, fíjate en lo que digo, «nuestra hija» disfrutó mientras vivió ¡y qué feliz fue! Tú me esperabas algunas veces hasta altas horas de la noche… ¡Acuérdate! Ella nunca esperó… Yo te hice llorar, cosa de la que me arrepiento; Argemiro solo la hizo sonreír… Fueron tus celos de esposa, muy justificados, los que te llevaron a escoger este desierto para vivir… Acepté. Venciste. Hoy, arrepentido, vivo pegado al abrigo de tus faldas, y puedes creer que, si murieses antes que yo…, creo que me encerraría vivo en el ataúd…

El barón decía estas cosas riendo, pero con los ojos ahogados en lágrimas; su mujer, llorando sin reservas, se acercó y unió sus labios trémulos a los labios marchitos del marido.

—Ve a descansar —le dijo con una caricia.

Ella salió; él se enjugó los ojos, pasó algún tiempo pensando en cosas lejanas; luego, con un suspiro, volvió a su catálogo:

—Trescientos veinticinco…

* * *

Los días pasaban lentamente para los dos ancianos.

La baronesa no dormía; al levantarse, tenía la cara pálida y los ojos rojos.

El barón se entristecía al no saber ponerle remedio. ¿Qué hacer? Dejarla morir... y penar con ella. Conforme se prolongaban las visitas de la niña a Laranjeiras, Argemiro, ocupadísimo con nuevas causas, dejaba de aparecer por la finca.

Ese alejamiento también era motivo de censura y tristeza.

«El tiempo se lo lleva todo menos la nostalgia de las madres por los hijos muertos», pensaba la baronesa en silencio, junto a la ventana, oteando vagamente hacia el campo pálido, cortado por las líneas negras de los mangos altos y frondosos bajo cuya sombra María había corrido de niña, entre el empolvado de oro de la cabellera desatada, o había meditado, ya mujer, aquellos dulces pensamientos que tanto la idealizaban.

Le parecía que, si buscaba bien, encontraría en la tierra las huellas dulces de la hija y que sería ingratitud abandonar aquel lugar en el que ella había vivido la dulce vida de la infancia y la juventud... En vano le afirmaba el materialismo del marido que el cuerpo blanco de la pobrecilla se había podrido cual lirio cortado en el fondo negro del hoyo y que de ella ya no existía sino un montón de huesos ¡tan pequeños que cabrían todos en su cofre de recuerdos!

En vano le decía el padre Assunção que el alma bondadosa de su santa estaba en el cielo, lejos de todo y de todos, ¡vuelta como una azucena hacia los pies del Señor! Lo que ella sentía era que, bajo la apariencia inmaterial, su María se hallaba a su lado, ya sentada sobre sus rodillas, como cuando tenía diez años, ya siguiendo con la mirada celosa a Argemiro, como en los tiempos de casada; ¡y que existía, que tenía su lugar en la tierra!

El sol se oscurecía; los mangos se hacían más negros con la tarde. Un zorzal cantaba, otro más lejos respondía, y la baronesa, desconsolada, se convencía de que la melancolía más amarga es la de los viejos, porque no tienen ni el más tenue rayo de esperanza para suavizarla.

En ocasiones, Gloria entraba bruscamente en la sala e interrumpía el devaneo. Morena, fuerte, con la cabellera negra cubriéndole las orejas con sus acentuadas ondas, alejaba la imagen rubia y distinguida de la madre hasta el fondo difuminado del sueño; y, palpitante de vida y de fuerza, venía a recordarle a la anciana que solo debía consumirse por ella.

—¿De dónde vienes? Cómo te has ensuciado…, traes pajas en el pelo… ¡Mírate el vestido desgarrado!

—Cuando salté la valla…

—¡Que saltaste la valla! ¡Qué bonito! ¡¿Desde cuándo las niñas saltan vallas?!

—Fue para entrar a la huerta…

—Ven aquí… Deja que te abotone… Ay… Ay…

Los dedos de la baronesa se demoraban a propósito en la operación, solo por el placer de estar en contacto con el cuerpo adorado de la nieta.

La niña se revolvía al cabo, ardiendo en deseos de correr al pomar o al jardín.

—Estate quieta…

—¡Abuelita! Date prisa…

—¿Para qué?

—Todavía no les he dado col a los conejos y quiero engordarlos para llevarle uno a doña Alice. Me ha dicho que…

—Está bien. ¡Márchate!

La nieta, que se daba cuenta de todo, le llenaba de besos el rostro y la cabellera, riéndose, apretándola entre sus brazos vigorosos.

—¡Abuelita de mi corazón! ¡Pero cómo quiero yo a esta abuela! ¡Cómo adoro a esta abuela!

Entonces se sentaba y le contaba historias de fuera:

El abuelo todavía no se había percatado de que las hormigas le estaban comiendo el pie del ajenjo... Al mango grande de la pradera le había salido muérdago. Ya había avisado ella a João... La gallina pedresa había aparecido con diez pollitos nacidos en la espesura y había un nido de jilgueros en el limero del huerto...

La abuela sonreía, la nieta la incitaba a acompañarla por la avenida de los mangos hasta abajo, donde el portón, para ver un palo borrado al pie del camino ¡todo cubierto de flores! ¡Completamente rosa!

La abuela, empujada por la nieta, arrastraba los pasos pesados por el paseo desierto y solo en esos breves instantes encontraba su pensamiento reposo.

Asiendo la mano de la nieta, se decía:

—¡Voy a aprovechar bien su compañía antes de que se me la lleven!

Pero entonces llegó el sábado, cuando se la llevaban, bien el abuelo, bien el padre Assunção, que a veces acudía pronto a almorzar con sus amigos y a buscar a la pequeña. Sin anunciarse, como buen andariego, recorría a pie los dos kilómetros largos que separaban la estación de la finca.

A veces, cuando lo atisbaban, ya estaba él dando los buenos días en la entrada; en otras ocasiones, los ojos ansiosos de Gloria distinguían a lo lejos la sotana negra destacándose en el fondo luminoso del portón abierto.

La niña corría hacia él; la abuela, apoyada en la ventana, lo veía aproximarse con tristeza...

El sacerdote le parecía entonces un verdugo, cómplice de los proyectos criminales de la otra y de los actos hipócritas del yerno. ¿No llegaba siempre dispuesto a defenderla y a elogiar la moral estricta de Argemiro?

¡También él se olvidaba de la pobre María, también él traicionaba el cumplimiento de su última voluntad! ¡Es verdad que los muertos se van deprisa!...

Un sábado, después de haber visto a Gloria subirse al coche con el abuelo de camino a la ciudad, la baronesa se dirigió a su salita de costura y trató de terminar un delantal para la nieta; pero los dedos perezosos se detuvieron en el aire y el delantalito escarlata se le cayó sobre las rodillas tan incompleto, después de media hora de manosearlo, como estaba antes.

En la mente se reconvenía su debilidad e indolencia.

¡Veía cómo las cosas se iban al garete y no hacía siquiera intento de detenerlas! ¿No era hora de tomar una decisión?

¿La culpabilidad de los demás la atemorizaba?

¿El deber de las madres no es defender a los hijos hasta la muerte?

¡¿Su pasividad no era, por lo tanto, un crimen, y no sería el momento de poner en acción su deseo, hasta ahora sofocado por mano de los demás, de recuperar para su María el corazón de Argemiro y guardarla allí, como única santa en su devoto oratorio?!

A fuerza de pensar en ello materializaba las imágenes, daba cuerpo y sangre a sus ideas, lista para batirse por ellas hasta el último aliento.

Ahora se recriminaba su altivez al haber mandado callar al negro cuando este había ido a informarla del resultado de su espionaje... Que estúpida generosidad la suya, y de qué sentimientos encontrados son víctimas las criaturas humanas... También había rechazado el consejo de la vidente, cansada de esperar la carta anunciada... ¡Sentía la tentación de volver allí para ver si al menos encontraba a alguien a su favor! ¡Cuánta falta le hacía un brazo en el que apoyarse!...

Era cierto que la cartomántica no le debía merecer una fe absoluta…, pero ¿no había acertado con la verdad en muchas cuestiones? ¿La «enemiga» y sus «maquinaciones» no le habían llamado la atención desde el principio de la consulta?

¿Debería negarle el poder de la adivinación? Y en lugar de negárselo, ¿no sería prudente volver a empezar?

Era una explicación…

El delantalito escarlata cayó al suelo mientras, en los árboles de Júpiter de la ventana, un colibrí audaz batía las alas como en un delirio.

***

Eran las tres de la tarde cuando la baronesa, sofocada, subió la escalera empinada de casa de doña Alexandrina. Al igual que la primera vez, tuvo que esperarla largo tiempo en el comedor, entre estampas pegadas con goma a la pared y cortinas de arpillera sucias. Un perrillo ratero gruñía en un rincón, el hociquillo desconfiado levantado hacia las sedas negras de la anciana bien cuidada. Al cabo de unos minutos que se le antojaron larguísimos a la consultante, se abrió la puertecilla de la habitación y apareció doña Alexandrina con la barbilla hundida en una amplia sonrisa de bienvenida.

La baronesa dijo en tono de queja:

—No he recibido la carta anunciada por usted…

—Ya la recibirá… ¡Las cartas no mienten! Aún no es tarde… Entre…

***

Ese lunes, el paseo las había llevado al Instituto de los Ciegos.

Gloria volvía con el alma llena de asombro. Al divisar en el banco del jardín al padre Assunção, puntual en su espera, corrió hacia él con entusiasmo. Alice la acompañaba a cierta distancia con una sonrisa plácida.

—¡Adivine adónde fui, padre Assunção!

—¡A algún lugar muy bello, porque tus ojos reflejan maravillas!

—Acertó. ¡Fui al Instituto de los Ciegos!...

—¡Ah! Pero... ¡parecías muy alegre!

—¡Claro! Yo imaginaba que los cieguecitos vivirían amargados..., enojados..., que en la oscuridad en la que viven no se entretendrían con nada, que no podrían leer ni tocar ni nada... Cuando doña Alice me dijo: «Vamos al Instituto de los Ciegos...», no le respondí nada, por vergüenza, pero tenía miedo...

—Los ciegos nunca le han hecho mal a nadie...

—No sé..., pero ¡tenía miedo de ponerme triste!

Alice llegó en ese momento; el sacerdote la saludó y, tras hacerse cargo de la niña, se despidió de ella.

Gloria abrazó a la joven con frenesí y se marchó, en compañía del sacerdote, camino del despacho del padre.

Una vez en el tranvía, se reanudó la conversación:

—Así que hoy te ha gustado el paseo...

—¡Mucho! Cuando llegamos estaba aburrida, pero me interesé en cuanto pasamos por la primera sala. Doña Alice me iba mostrando todas las cosas con suma paciencia... ¡Todo tan limpio y las ciegas tan risueñas! Había una chica llamada Rosinha, de mi edad... ¡y más adelantada que yo!

—Porque estudiará.

—¡Pero yo veo!

—Es que no basta con ver...

—Doña Alice les llevó unas galletas a los niños... ¡Si viera usted el alboroto que hicieron! Son conocidos de doña Alice... Una tocó el piano y un muchachito, el violín... Me maravilló... Nunca habría imaginado que los ciegos pudieran ser felices.

—Allí lo son porque no tienen tiempo de pensar en su desgracia, de tan ocupadas como tienen todas las horas. ¿Asististe a las clases?

—Sí. Leían..., aprendían geografía...

—¿Fuiste a los talleres?

—Sí. Vi cómo encordaban sillas, confeccionaban escobas...

—Ahí lo tienes: leyendo, tocando, atando escobas o haciendo cualquier otro trabajo, siempre están entretenidos. Es una casa santa esa en la que hoy has puesto los pies. Guarda en la memoria el recuerdo de ese paseo, que te servirá de consuelo cuando más tarde oigas hablar mal de los hombres... Si no hubiera bondad, nadie iría al encuentro de la miseria ni protegería a los débiles...

—Esas fueron las palabras de doña Alice cuando salimos de allí...

—Ah, ¿dijo esto mismo?

—Tal cual...

—¡Extraordinario!... ¿Qué más te dijo?

—Que todos debemos conocer las casas en las que se practica el bien en nuestra tierra, para bendecirlas y conducir hasta su puerta a los necesitados de su socorro... Dijo que Río de Janeiro es una ciudad generosa y que todos debemos fortalecerla en el empeño de amparar a los desafortunados.

—¡Y tiene razón!

—Cuando le dije que los ciegos ya no me parecían desgraciados, me enseñó el mar..., el cielo..., los montes..., los barquitos de vela… y luego me preguntó si no me daría pena no ver todo aquello.

«Es el ejemplo vivo, la emoción aprovechada para el ejemplo moral… —pensó el sacerdote—. ¿Quién habrá suscitado en aquella mujer esa delicadeza, ese toque de educadora tan poco común? Conoce las plantas de los jardines y enseña los nombres de nuestros árboles; conoce como la palma de la mano las casas de caridad y llama hacia ellas la simpatía de los niños, interesándolos al mismo tiempo por la gran familia de los desafortunados… Se somete a desempeñar un puesto sospechoso, aceptando todas las condiciones que se le imponen y revela una rara sensibilidad en todos los actos en los que podemos apreciarla… ¿Será la mujer realmente peligrosa, no por lo que calcula e inventa, sino por lo que merece? ¿No será prudente ocultar, en la medida de lo posible, ese aspecto singular de su carácter a Argemiro?… Gloria no repetirá a su padre las palabras que me dijo; el sentido permanecerá en su corazón, pero la memoria no las guardará con la misma fidelidad… Yo seré mudo… Conviene ser mudo… Él quiere guardar su independencia… ¡y no se da cuenta de que ya está cautivo! Dice que no. Es sincero cuando lo dice… Sin embargo, solo se alegra cuando entra en casa…, ya no mira con la misma mirada añorante el retrato de María. Si la gobernanta sale, estando él en casa, enseguida se aburre. Es extraño. No la oye…, no la ve, ¡pero la siente! ¿Cómo acabará todo, si la mujer no fuera lo que parece?… ¡Hay almas tan complicadas, tan indescifrables! La de esta mujer me asusta…; necesito defender a Argemiro…, soy el único amigo en contacto con ambos… Ella es difícil…; yo, torpe. Si yo fuera más valiente y ella más franca… ¿Mentirosa…?, no lo parece…, pero es posible. A mi madre le gustó. Pero el corazón de mi madre es propenso a la simpatía. ¡El mejor corazón del mundo!... Argemiro ha cambiado..., está radiante... Ella lo envuelve en un cuidado excesivo... y eso es lo que me hace desconfiar... En fin, en cualquier caso, la verdad es que mi Gloria lo está aprovechando. Aquí abajo parece otra. ¡Deja su corteza salvaje con la abuela y se vuelve de satén! ¡Eso habremos ganado! Porque, al final, el remedio para todo lo demás es la inercia».

A Gloria la esperaba el abuelo en el despacho del padre y, como el anciano tenía prisa, las despedidas fueron precipitadas. Solo después de que hubieran marchado, reparó Assunção en la expresión molesta del amigo.

—¿Qué hay de nuevo? ¡Estás con una cara!

—Imagínate: ¡mi suegra se viene a vivir conmigo!

—Te felicito. Así tendrás a tu hija siempre a tu lado. Tengo entendido que ya se lo pediste hace tiempo.

—Cuando enviudé. Entonces no quiso. Y ahora...

—Sí quiere. Es natural.

—Mientes; no te parece natural. Tú te das cuenta de todo tanto como yo.

—Diré más: creo que hace bien.

—¿En espiarme?

—En defenderte.

—¿Quién me amenaza?

—Tu imaginación.

—¡Sois todos unos imbéciles!

—Quizá...

—¡Se os ha metido una estupidez en la cabeza y ahí seguís! ¡Que alguien me diga qué mal le ha hecho esa pobre muchacha a mi suegra! Y a todos vosotros, que os oponéis a ella..., pero ¿por qué? Porque me tiene la casa alegre, olorosa, bonita, hermosa, limpia; porque me ahorra dinero, haciendo que disfrute de la vida como nunca, ¡y encima corrige a mi hija vicios malsanos en su educación! La eterna malicia hace de esto un enredo y se entromete en mi camino para incomodarme. Ya sabes que quiero mucho a mi suegra; después de la muerte de María, se redobló mi afecto y mi consideración por ella... Sabes que siento un gran placer cuando la veo, cuando estoy a su lado, cuando la llamo «mamá»..., como un niño..., como hacía mi mujer... Sabes que soy fiel al pasado y al juramento que hice; sabes todo esto y sabes también que soy profundamente egoísta, que amo el orden, el silencio, el sosiego, la comodidad y la libertad. ¡Sobre todo la libertad! Esa criatura que tengo en casa no es una mujer; es un alma que no me constriñe en absolutamente nada. Me levanto, me acuesto, salgo, entro, ceno, charlo, río o refunfuño sin tener que dar la más mínima satisfacción a nadie. ¡Vas a ver ahora! Mi suegra y ella son incompatibles...

—Puede que no...

—¡Por supuesto que sí! Es la guerra. La muchacha se va. Feliciano recobra el prestigio perdido. Comienza el derroche de puros, camisas almidonadas y corbatas. Los muebles tendrán polvo; la comida se echará en los platos como a los perros. Mi suegra, vieja y pesada, no podrá subir ni bajar las escaleras para controlar las habitaciones. Los retratos de María aparecerán rodeados de perpetuas y siemprevivas, flores por las que siento una especial aversión; ese perfume suave que entró en casa con esta muchacha desaparecerá con ella; abrirán la puerta del gallinero al jardín y secarán la ropa en la barandilla de la terraza del fondo... ¡Verás! Por la noche no podré pasear por mi cuarto, como siempre hago, por miedo de molestar a mamá, que tiene el sueño ligero y padece migrañas; y, para que esté tranquila, ¡hasta tendré que apagar la vela mucho antes de dormirme, porque tiene miedo de los incendios!...

Assunção sonrió.

—¿Qué excusa da para esta decisión?

—Enfermedad. ¡Está enferma y necesita venir a vivir cerca de los médicos!...

—En efecto, el otro día la encontré abatida...

—Su enfermedad ¿sabes cuál es? ¡Los celos! Viene a vigilarme..., a poner obstáculos..., a montar escenas... ¡Como si fuera a someterme!

—No...

—¿Que no? ¡Mira que eres inocente! Pero yo huyo, me invento un viaje. ¡Me voy!

—¿Adónde?

—No sé..., al infierno.

—Pobre señora...

—¡La adoro, Assunção! La adoro allí, a la sombra de sus mangos, recostada en su mecedora, oliendo a romero y diciendo esas cosas maternales que sabe decir. Pero en mi casa me importuna..., me desbarata la vida..., altera mi tranquilidad. Piensa conmigo: ¿acaso mi suegra puede vivir en compañía de Alice?

—Sí...

—¡¿Cómo?!

—Pidiéndole que no se inmiscuya en nada relacionado con la dirección de la casa...

—Estaría bien si no viniera con el propósito de acabar con la otra. La engullirá. Verás cómo la devora en el primer encuentro.

—Exageras...

—Estás tan convencido de ello como yo. ¡No la defiendas ni disimules!

—¿Quién te ha dado la noticia, el barón?

—Sí. Cuando entrasteis, justamente acababa de pedirme que le preparase una habitación en casa. Otra cosa: mi habitación no se la doy y, además de la mía, la única en condiciones de servirles es la que ocupa la gobernanta... Tendré que desalojarla... Es una cuestión desagradable, ¿no te parece? Será necesaria tu intervención. Ahora ya es empeño, no quiero ver ni hablar con esa muchacha. Una sacrificada a la brutalidad de los otros.

—¿Qué me corresponde hacer?

—Ir a comunicarle esto mismo a la pobre y organizar con ella lo de la habitación...

—¿Tu suegra bajará...?

—Mañana. Ella entrará por una puerta y Alice saldrá por la otra; eso es lo que va a pasar.

—Puede que no...

—A ver si con tu prestigio de sacerdote y tu diplomacia consigues conciliar las cosas...

—La baronesa desconfía de mí...

—¡Ah, ya lo has notado!

—No obstante, trataré de disipar sus dudas. Nadie cree, salvo tus amigos íntimos, que mantengas en el secreto de casa la situación que das a entender fuera... No censures a tu suegra por estar convencida de lo mismo que...

—Que se convenza de lo que quiera; pero no tiene derecho a imponerse a mi voluntad y a mi libertad como hombre de hacer lo que me parezca. Ni mi madre sería capaz de cosa semejante, en esta situación...

—No te exaltes...

—Seguro que mi suegro reparó en mi sonrisa falsa...

—¡Pobres viejos!

—¡Solo te lamentas por ellos! ¿Y yo?

Assunção no quiso decir por quien más se lamentaba, pero la figura pálida de Alice le atravesó el espíritu en un aura de piedad. Su cometido era muy delicado y no sabía ni por dónde empezar.

Argemiro paseaba agitado por el despacho, hablando entrecortadamente:

—Exactamente ahora que tengo tanto trabajo... Aquel dulce sosiego... Aún ayer estuve escribiendo hasta las dos... ¡Caray!... ¡¿Y esa manía de la comida sin sal?!... Con lo que me gusta lo salado... Otra cosa que abomino...: ¡el olor del mate quemado! ¡Y mi señor suegro no prescinde del mate!... ¡Desde primera hora de la mañana anda con él a cuestas! ¡Y lo que se va a alegrar Feliciano! Como me aparezca con el semblante contento, ¡lo mato!... Si no fuera por ciertas consideraciones... ¡Ay!, mis libros, tan bien organizaditos... ¿Te lo puedes creer? ¡Desde que está en casa no he encontrado ni un fallo ni una molestia en la biblioteca! ¡Antes era desesperante! Feliciano tenía un desorden... Con lo bien que estaba ahora yo... Con lo bien que estaba... ¡Qué castigo!

—Tranquilízate... Todo se arreglará. ¿Cuánto tiempo van a quedarse tus suegros?

—Por tiempo indeterminado. ¡Eso quiere decir que se quedarán toda la vida!

—Si supieran de esta acogida...

—Lo saben. ¡Lo imaginan! ¿Con qué fin va a bajar aquí mi suegra? Con el fin de arruinar mi felicidad. Piensa que amo, que soy correspondido, y viene a interponerse entre mis besos y los de la pobre muchacha... ¿Qué van a conseguir con todo esto? Despertar mi curiosidad y tal vez obligarme a que me enamore de verdad. ¡Y todavía se quejarán de mí cuando se lo confiese! Ya verás.

Assunção sonrió, dándole la razón a su amigo, aunque sin manifestarse.

—Me avergüenzo de antemano por lo que va a pasar en casa...

—Tu suegra es delicadísima...

—¡Es una celosa! ¡Y los celosos llegan a cometer desatinos! ¿Te acuerdas de María? Un ángel, pero cuando le daba por tener celos... ¡perdía la cabeza!

—Igual que la madre... Decididamente, ¡me voy!

—Considero prudente que hables hoy con doña Alice.

—Nunca... ¡Ya no quiero hacerlo!

—Ten paciencia, amigo mío, háblale tú que eres tan bueno, que tanto te has interesado por mi vida que ya no sé dar un paso sin ti... y que cuando lo doy no soy feliz. Ahora hablando contigo he reparado en algo: nunca mencionáis al nombre de mi gobernanta sin acompañarlo del «doña»... Veo que inspira respeto a todo el mundo... Efectivamente debe ser una mujer fina y educada... ¡Doña Alice! Pues menudas humillaciones va a sufrir doña Alice.

—Venga, no seas tonto.

—Ya lo verás.

—Espérame hoy para cenar. Luego hablaré con... doña Alice. Es prudente y conoce su lugar. Le estás dando demasiada importancia. Después de todo, es una empleada..., una subalterna. No exageres con los melindres y tranquilízate. ¿Qué más le ordena mi príncipe a su mayordomo?

—Que me abrace y me perdone.

Assunção sintió en el abrazo del amigo una ternura intensa.

«La ama —pensó para sí con tristeza—. Aún no lo sabe..., pero la verdad es que ya la lleva dentro...».

CAPÍTULO 15

Intolerable, lo de Feliciano, al servir la mesa aquella tarde. Sin pronunciar una sola palabra y más envarado aún que de costumbre con un cuello que le rozaba las orejas, se notaba que bajo el mutismo y la seriedad se ahogaba de contento. Cuando la mirada de Argemiro lo descubría erguido en el rincón, esperando órdenes, se desviaba con una impresión extraña y que no acertaba a definir. Durante toda la cena, le molestó la figura limpia y correcta del negro, que se acercaba y se alejaba blandamente, conforme a las exigencias del servicio.

Frente a Argemiro, el padre Assunção, apoyando los hombros cuadrados en el alto respaldo de la silla de cuero, dilataba las aletas de la nariz al aroma de las rosas frescas que alegraban la mesa.

«Para que un momento se vuelva agradable, a veces basta muy poca cosa... —pensaba para sí—. Un mantel bien limpio..., unas flores salpicadas de rocío..., esmaltes de vajilla relucientes... y ya los ojos y el olfato disfrutan de una comida placentera... Mañana, las cosas serán distintas, que es propio de enemigos contradecirse en todo. Y entonces Argemiro confesará lo que todavía cree ignorar...».

—¡Te diré, amigo mío, que hoy tienes una fisonomía diferente! Seguro que has salvado a alguna alma del purgatorio...

—Tal vez... pero tal vez sean también los efectos de un sueño que tuve esta madrugada. Imagínatelo: estaba sentado a un órgano de una catedral enorme y de tan peregrina belleza que no habrá ninguna así sobre la faz de la tierra... Por toda la vastedad del templo se extendía una luz pálida, como de alba o de luna, dibujando en las naves el delicado encaje de los rosetones y las figuras de las vidrieras... Tocaba música solemne y de tan concentrado, tan profundo sentimiento, que las lágrimas me caían a pares de los ojos cuando desperté y llevo todo el día con el alma llena de armonías. Si fuera joven, habría corrido al Instituto de Música a ver si un día sería posible tal ventura... ¡¿Por qué han de llegar tan tarde semejantes sueños?!

—Para que no se hagan realidad.

—Ciertamente. Mi madre, ¿te acuerdas?, adoraba la música y el piano tenía pocos secretos para ella. Fue una pena que no me transmitiera ese don... El arte de la música es perfectamente compatible con el sacerdocio y yo tendría una válvula de escape para mis fiebres...

—Escribe...

—La palabra es indiscreta y arrastraría mi temperamento, que guardo bajo llave...

—Nunca pensé que lo tuvieras así sometido. ¡Eres fuerte, Assunção!

—Nunca lo pensaste, ¡¿por qué?!

—Porque te conozco desde pequeño. En el colegio o en casa, siempre fuiste un rebelde. Nunca olvidaré el día en que mi mujer, en esta misma sala, allí, en aquel rincón, me dijo que ibas a tomar los hábitos.

—¡En efecto, ella fue la primera persona a quien confié esa decisión!

—Como protesté, indignado por la idea, que siempre me ha sido muy desagradable, ella observó: «¡Te molesta! Pues yo lo aprecio... ¡Será mi confesor!». Qué lejos queda todo aquello...

—Para mí no. Me parece que todo hubiera sucedido ayer... En mi sueño, esta madrugada, revivieron esas emociones... Las imágenes de la catedral, todas de mármol blanco, tenían, en la opacidad de la piedra, la expresión humana de las criaturas que amé en mi adolescencia y juventud... Las melodías gloriosas que derramaba por la vastedad del templo estaban formadas por sus voces, resucitadas milagrosamente en aquellos lamentos sacros... No solo eran voces humanas las que reconocía en las sonoridades de mi música, sino también otros sonidos que siempre he guardado en el oído: el rechinar de la puerta del seminario..., el tañer de la campana de mi primera misa... y el frufrú de las sedas de tu mujer el día en que fue a hacerme la primera confesión... Jamás lo olvidé...: fue como un batir de alas... ¡Entonces mi alma transportaba esas impresiones en amplios cánticos, viendo las imágenes estáticas vueltas todas hacia la lluvia de mi llanto y sintiendo cómo mi alma llenaba el mundo! Un sueño de artista genial, y en el que gocé de las alegrías fecundas de la creación. ¿No te parece que los artistas son los hombres más afortunados sobre la tierra?

—He convivido poco con ellos, y como no me conformo con imaginar... ¿Quién sabe? Mira, toma vino. Creo que te basta el de la misa...

—Poco más. ¡¿Qué es eso?!

—Nada...

Argemiro había sufrido un pequeño sobresalto involuntario al ver la mano negra de Feliciano tocar la porcelana color de leche de su plato.

—¿Nunca te ha sucedido, al tener una impresión, que sientes un gusto agradable o desagradable en la boca?

—Nunca —respondió el sacerdote.

—¡Pues ahora mismo ha sido como si hubiese tomado una cucharada de jugo de limón!

La mirada de Argemiro siguió la figura del negro, que se dirigía a su copa. Assunção argumentó:

—En tus manos está el remedio.

—¿Despedirlo?

—¿Qué, si no?

—Acabaré haciéndolo. En realidad, no hay nada como la ignorancia para ciertas personas. Mi suegro hizo de un chiquillo humilde un hombre malo... Si en lugar de mandarlo a la escuela, con la bolsa en bandolera y los zapatitos abotonados, lo hubiera dejado en la modestia de la cocina o las caballerizas, ahora no lo indignarían ni su color ni su posición... Lo que lo vuelve malo es la envidia y la ignorancia mal limada.

—¡Tampoco es tan malo!

—¡Tú defiéndelo!

Feliciano volvió con el postre, un dulce nuevo, desconocido por ambos y que el copero no tuvo más remedio que confesar que lo había preparado doña Alice, temeroso de que lo oyera por detrás de las puertas.

Después del café, al entrar los dos solos en la biblioteca, Argemiro señaló:

—Este ha sido mi último día de bienestar. ¿Te has dado cuenta? No ha faltado de nada. ¡Es una alegría, una casa así! ¡Y rara, lo sé, en mi situación, rarísima! ¡Es perfecta mi gobernanta! Si tiene defectos, nunca deja que trasluzcan... Ni es posible que los tenga...

—¡Estás loco! Es una mujer como tantas; tan solo se cuida de no perder un empleo bien remunerado, nada más.

—¡A esta sí la acusas!

—No. Te lo explico. Apostaste a una carta, fuiste feliz, date por satisfecho al haber disfrutado de estos meses de tranquilidad. Suponiendo que tu suegra sea incompatible con doña Alice, ya encontrarás otra gobernanta en las mismas condiciones. Esta es tan perfecta como será la otra, siempre y cuando tengas con ella las mismas exigencias que has tenido con esta...

—Así pues, ¿crees que lo bien que lleva todo a cabo se debe únicamente a un interés pecuniario?

—Creo... ¡que eso contribuye!

—¡¿Crees que las lecciones de moral y de dibujo que le imparte a Gloria son fruto únicamente del interés por agradar y conservar un empleo mezquino?!

—Contribuirá a ello...

—¡Eres malvado o insincero! Te hablo con imparcialidad porque, como sabes, para mí no es una mujer, sino un alma. No la veo, no la toco, su imagen material me es tan indiferente como un pedazo de pan o una piedra. A mí me basta su representación, este amor peculiar de ella que flota sutilmente por toda la casa, este orden que me hace la vida más fácil y el gusto con que hermosea todo lo que toca y en lo que posa la mirada. Es una mujer educada. Me figuro que habrá estudiado a la sombra de castaños ingleses, entre campos de tulipanes y jacintos, de tan distinta como me parece que debe de ser del resto de las mujeres. No me digas que es fea. Ya sé que lo es; pero déjame con esta fantasía que tan bien me sabe… Ahí viene Adolfo. Son sus pasos. Es bueno que venga a interrumpir este ensueño. Los ensueños son como los sueños: ¡a veces llegan tarde!… ¡Fue un sueño bonito, el tuyo!

«¡Bien! Ya es consciente del peligro…», pensó Assunção.

Adolfo Caldas apareció en el umbral de la puerta, con las anchas mejillas rubicundas quemadas por el sol. Había ido a Paquetá por una mujer. No había merecido el sacrificio…

Y la velada la pasaron hablando de amor, de política y de negocios.

✳✳✳

Al día siguiente, a las once de la mañana, un coche conducía a los barones y a Gloria de la estación central a Laranjeiras. Hacía un día, como decía Eça,[16] erizado. Pequeñas nubes grises en forma de escamas se superponían al azul del cielo. Por las calles la gente iba abrigada. Un vientecillo húmedo se filtraba por entre las ramas polvorientas de los árboles de la plaza.

---

[16] N. de la Trad.: La autora se refiere aquí al escritor y diplomático portugués Eça de Queirós (1845-1900), considerado el máximo exponente del realismo en lengua portuguesa, y cuyo estilo destaca entre otros por el uso expresivo de adjetivos como el mencionado.

El barón iba hundido en el asiento del fondo, entre los abundantes pliegues de la falda castaña de su mujer, cuyo rostro animaba una expresión de firmeza y resolución. En el asiento delantero, Gloria, con un sombrero ancho de cintas arrugadas, observaba todo lo que pasaba brevemente por las aceras. Comentaron la ausencia de Argemiro. ¿Por qué no habría ido a la estación?

Feliciano, ese sí había acudido, y allí se había quedado ocupándose de enviar a casa maletas y bultos. Qué buen muchacho, Feliciano.

¡La baronesa preparaba el ánimo para los conflictos! ¡Ya sospechaba ella que el yerno no estaría contento, él que tanto la estimaba hacía pocos meses! Por fin le vería el hocico a la doña Alice esa, que en todo se entrometía, arruinando la felicidad de la familia. ¡Era la levadura vieja; era la cucharada de veneno, la gota de aceite de oliva rancio en la leche dulce y fresca! ¿Cómo la recibiría? ¿Como una criada seria?... ¿Como una señora de su casa? La baronesa se preparaba mentalmente: ante tal caso, tal actitud...

El coche iba deprisa, agitando el hígado enfermo del barón, que se sometía a todo con contrariedad, y haciendo temblar la papada flácida de la baronesa.

La sombra de sus bellos mangos, el sosiego de sus amplias salas, abiertas al silencio de los campos atravesados por gruesas venas de aguas fugitivas, el perfil azul de las montañas lejanas, lo dulce que se le hacía contemplar desde el porche el ocaso, todo lo imaginaba perdido para siempre, ¡como si no se mudara a otro barrio, sino a otro país!

—¡Caray! —exclamó el barón, sin poder refrenar una imprecación cuando un acelerón del coche le agitó todas las vísceras.

—¡Ten paciencia, querido! —le aconsejó la baronesa, volviéndose hacia él no menos agitada.

—¡Feliciano escogió el peor coche que encontró! Decididamente...

Una nueva sacudida le cortó la frase y el barón suspiró, lamentando para sí la libertad perdida de la finca, vigilando sus plantas, los viveros de pájaros, ¡sus estudios de botánica, prácticos, gustosamente realizados con el rocío de las madrugadas de mayo! Había perdido la costumbre de mirar las paredes, odiaba la cal.

—¡El mar! —gritó Gloria con alegría.

El coche había entrado en el muelle de Lapa.

La baronesa detuvo la mirada sobre la nieta. Estaba segura de que la niña le estorbaría..., era un obstáculo para la ejecución de sus planes. Luego cerró los párpados, sin querer ver la calle por donde su María había pasado rígida, encerrada, entre galones de oro, camino de Caju...

Desde aquel día no había vuelto a ese barrio, en el cual su obstinada imaginación insistía en convertir a María en el mismo ser animado y dulce que había sido en otro tiempo ya perdido. Había huido de la realidad amarga al sueño consolador, donde resistía a las exigencias de la verdad...

¿Por qué no alentar una ilusión cuando esta alivia un sufrimiento?

—¡¿Estás enferma, abuelita?

—No... Es que me va a costar...

—¡Pues no es culpa mía! —observó el barón.

—Nadie te ha acusado; tranquilo.

—¿Qué te va a costar, abuelita?

—Nada, hija mía...

Gloria había vuelto la vista a la calle, riendo de unas cosas, admirándose de otras.

Cuando el coche se detuvo ante la puerta de Argemiro, la baronesa, dominando el dolor en el que se le disolvía el corazón, le tendió la mano al yerno, que había bajado a la calle para ayudarla a apearse del carruaje.

La baronesa cruzó el patio delantero con paso lento y firme. Argemiro sentía en el brazo el peso de su mano gruesa, tan blanca entre el entramado negro del guante de hilo.

—¿Ha tenido buen viaje? —le preguntó cariñosamente.

Pero pedirle que hablara era pedir mucho. La baronesa no respondió. Sus ojos, de un azul turbio, miraban interrogantes la puerta del interior de la casa, por donde otrora María había salido a recibirla…

Penetró en la salita con el mismo silencio prudente. Las lágrimas se le agolpaban en la garganta. Gloria echó a correr por la casa en busca de doña Alice. El barón se sentó frente a la mujer y el yerno, enjugándose la calva húmeda con movimientos nerviosos.

Argemiro esperaba…

Se cansó. El apuro de los ancianos le dio lástima. Comenzó a hablar:

—Esta casa es la misma de hace ocho años; menos alegre, mucho menos, pero igualmente suya. Lo único que les pido es que se dirijan a la gobernanta, doña Alice, que tiene plenos poderes para tomar decisiones, y que se entiendan con ella en todo lo que deseen. Es una joven distinguida y espero que la convivencia con ella les sea tan agradable como a mí me es útil su dirección de la casa…

Estas últimas palabras las dijo todas mirando hacia la suegra, que lo oía sin pestañear y muy seria. Continuó:

—Como ya saben, esta señora vive en esta casa sin que yo la conozca; y mantendré hasta el final esta situación que le parecerá extraña a todo el mundo menos a ustedes... Es un punto sobre el cual no deseo insistir y, por lo tanto, me limito a pedirles que la consideren más una amiga de la familia, beneficiosa especialmente para mi hija, que una simple administradora...

El barón espiaba el efecto de las palabras del yerno en el rostro de la baronesa. Pálido, cada vez más caído sobre los blandos pellejos del cuello, se veía más largo, marchito. Las arrugas faciales, que discurrían de las aletas de la nariz al mentón, formaban surcos profundos que ennegrecían la blancura lunar de su piel. La boca fina había olvidado su habitual expresión, arqueándose muda bajo la nariz pequeña y afilada. Solo sus ojos aguados, ensombrecidos por las cejas todavía negras, reflejaban los contornos volubles de unos pensamientos dolorosos.

Argemiro articulaba las palabras con intencionada claridad; aún decía:

—Me paso la vida en la calle. Nunca me esperen. Sus horas se distribuirán aquí igual que allí. El huésped soy yo.

El barón insinuó una protesta. La baronesa le dio las gracias, y la puerta se abrió de par en par para dar paso a Feliciano, cargando con los bultos. Tras el porteador, las maletas, la confusión.

Argemiro alegó que tenía una entrevista cuya hora se acercaba y huyó.

***

Había llegado el momento de ver a la otra, a la tal doña Alice, a quien deberían tratar como a alguien de la familia...

¡Como si hubiera valido la pena venir de tan lejos para eso! De la familia... ¡Qué herejía y qué escarnio! ¡La facilidad con que se dicen ciertas cosas! ¡Como si una criatura cualquiera pudiera entrar en una familia como en un hotel, sin ceremonia! ¿Para qué había venido? Para verificar un hecho ya conocido?... ¿No estarían aún a tiempo de regresar, de volver a la felicidad silenciosa de sus viejos mangos y de sus aguas fugitivas?

Eso sería razonable si no hubiera que vengar a la dulce María, tan abandonada... Pobre hija; que su hogar, su lugar, se viera invadido por una intrusa de mala muerte... Río de Janeiro era, decididamente, la capital de la perdición. ¡Ojalá haber nacido y vivido en un pueblo inculto, sin otros rumores que los de los arroyos, los del viento o los de la campana de la ermita blanca y sosegada! Aquella salita..., sí... El mobiliario era el mismo..., pero presentaba otra disposición... Y habían añadido algunos objetos nuevos..., alfombras..., cuadros... ¡Ideas de mujer voluptuosa!

Argemiro, siempre que salía, tocaba el timbre eléctrico de la puerta de una manera especial, como advirtiendo a Alice que a partir de entonces podía circular a placer por toda la casa.

Era la única comunicación que establecía directamente, sin darse cuenta de que sentía cierta satisfacción al llevarla a cabo. Y el timbre tintineó en la casa silenciosa.

Los ancianos se contemplaban interrogantes, aún en la salita, tristes y avergonzados los dos, cuando Gloria entró de la mano de la gobernanta. El barón se levantó; la baronesa miró a la joven con dura frialdad.

Allí la tenía, ni sumisa ni altiva, un poco pálida, acaso al intuir que venía al encuentro de sus enemigos.

—¡Abuelita! ¡Esta es doña Alice!

Pero la abuela de Gloria, reprendiendo el entusiasmo de la nieta con una mirada, saludó a la joven de un modo casi imperceptible. El barón se adelantó para estrecharle la mano y para recoger el bolsito y el pañuelo de su esposa, que yacían en el sofá.

—¿Mi habitación está lista? —preguntó la baronesa, como si le hablara a una criada.

—Lo está... Sí, señora... Sígame, por favor...

—No es necesario... Me sé el camino. ¡Gloria, ven conmigo!

La baronesa abrió la puerta del pasillo y, arrastrando a la nieta, salió acompañada de su marido, que llevaba las manos llenas de bultos, fingiéndose muy ocupado.

Alice sonrió. ¡Desde luego, a veces era duro y amargo ganarse la vida!... ¿Qué debía esperar?... ¡Fuera lo que fuese, esperaría hasta el final!

CAPÍTULO 16

El padre Assunção vivía por Lapa, en una casa enclavada en el cerro de Santa Teresa, vieja y estrecha como una torre, con la fachada de dos pisos vuelta a una calle tranquila y la parte trasera, a un jardincillo bien cuidado.

Entre habitante y habitación había ciertas analogías de forma y carácter. Ambos tenían la silueta fina y el aspecto melancólico y cansado. Y si las paredes gruesas de la antigua construcción daban idea de la firmeza que sugería la figura huesuda del sacerdote, las rosas blancas entrelazadas junto al tejado, en el jardín de la ladera, recordaban la dulzura de sus sentimientos impregnados de idealismo...

Las ventanas de guillotina de las estancias superiores se abrían al azul de la bahía, igual que los ojos de Assunção a un sueño infinito...

Todo el edificio, desde la base hasta lo más alto, parecía tranquilo; la parte inferior estaba habitada por una pareja de sordomudos, cuyos gozos y sufrimientos no atravesaban paredes ni vanos; la primera planta, por la madre de Assunção, y el piso superior, más exiguo, por él mismo, que lo llenaba con sus libros y los antiguos muebles de su cuarto.

La paz, si acaso el silencio es paz, sería solo aparente. La pareja de mudos era pobre y vivía bajo el yugo del trabajo, cosiendo botines para las fábricas de calzado.

Doña Sofía, la madre de Assunção, confesaba con desagrado no haber criado a su hijo para Dios, sino para sí. Aquella sotana negra le espantaba la alegría. Para ella, el misticismo del hijo había sido una forma de enfermedad a la que no había sabido poner remedio, y las mayores quejas las dirigía contra sí misma, que al fin y al cabo le había permitido seguir aquel camino de sacrificio.

Ella lo había educado para el mundo, para la familia, ¡para el amor! Había soñado con otra hija, su mujer, ¡que la ayudaría a animarlo y le daría media docena de nietos fuertes y hermosos! El sacerdocio habría reducido a cenizas sus esperanzas luminosas. Todo acababa, todo moría en él desde que se abatiera de repente, como una vela rota en mitad del temporal.

¿De qué le había servido inculcarle el amor por la naturaleza, por la gloria, por la patria, sacrificarse tanto para convertirlo en alguien fuerte física y moralmente si se le había escapado, entre las manos frágiles, hacia el vacío? ¡Pobres madres, hasta qué punto yerran en sus designios! ¡A cuántos sacrificios se había sometido, cuando era pequeño, con idea de que más tarde se vería compensada por todo ello al ver a su hijo disfrutar amplia y plenamente de la vida!

Y helo ahí, un contemplativo…, ¡un sacerdote! ¿Había sido el colegio de curas lo que le había inspirado aquello, o acaso alguna pasión? Jamás había dicho nada. ¡Y qué importaba la causa si el efecto allí estaba y era irremediable!

Cariñosa y amante de los niños, de joven se había lamentado de no poder darle hermanos que lo alegraran y lo arrastraran en sus correrías; compañeros en la infancia, confidentes y amigos en la juventud. ¡Y de ahí también salía la visión que había tenido de un futuro bullicioso, cuando ya vieja viera su casa invadida por la risa y la jovialidad de los nietos!

Y el hijo, de humor desigual, ora tímido, ora arrebatado, creció sugestionado por ese sueño. Lo que a ella le valía era la amistad de Argemiro, quien, un año mayor que su amigo, lo entretenía con las alegrías de su temperamento robusto. Eran vecinos, estudiaban en el mismo colegio, amaban los mismos poetas, se completaban con sus similitudes y diferencias.

La amistad de Argemiro fue un alivio para doña Sofía. ¡Bien se daba cuenta de que ella no bastaba para hacer feliz al hijo!

¡Los dos muchachos vivían como hermanos!

Así pasaron años, hasta que un día ambos entraron en casa, el uno jubiloso, el otro avergonzado. ¿Qué había sucedido? Nunca lo supo; pero para su mal, el avergonzado era su hijo, que empezó a palidecer..., a no dormir..., ¡mientras el otro prosperaba!

—¡Hijo mío! ¿Qué te pasa?

—Nada...

—¡Me ocultas algo!

—Nada...

—¡Te quiero alegre!

—Pero lo estoy..., créame cuando le digo que estoy alegre y soy feliz.

Era lo que siempre afirmaba.

«¡Me miente!», pensaba la madre con amargura. Y su obra, su alegría, la ambición de gloria que durante tantos años se había esforzado por implantar en el hijo, se esfumaba, se derrumbaba sin que ella pudiera sujetarla para reconstruirla.

—Me miente…

Ella lo quería franco, risueño, amigo de la vida. Él se retraía, adoptaba aires de abstracción, se entregaba a lecturas filosóficas y a estudios incompatibles con su edad. Ella no lo entendía bien, pero presentía un peligro y se veía sin fuerzas para combatirlo…

—Me miente…

Esa era su amargura. El hijo se había vuelto de una sensibilidad enfermiza; huía de la sociedad, evitaba a su propia madre, que se retraía, llorosa, para no irritarlo.

A los veintitrés años lo vio muerto de unas fiebres. Y a los veinticinco, ¡cura!

No quiso contrariarlo, no se podía oponer. ¡Seguro que tenía una razón distinta de la que alegaba y que ella trataba de adivinar en vano!

No había sido llamado por Dios al sacerdocio, sino que había sido llevado por una causa extraña, pero firme.

¡Soñar! ¡De qué vale el sueño que no fructifica, la flor que se deshoja y de la cual ni el aroma siquiera permanece como leve consuelo!

¡Ella se había sacrificado para hacer de ese hijo un ganador, un hombre! ¡Y ahí lo tenía, místico, retraído, aislado del mundo al que ella lo había destinado!

Le había pedido una nuera y le había traído una sotana, y a su indagación angustiosa:

—¡Hijo mío, ¿qué te pasa?!

El seguía respondiendo:

—Nada. Estoy contento... ¡Soy feliz!

«¡Me miente!», pensaba para sí, disimulando las lágrimas.

Lo que le valía era la amistad de Argemiro. Ese, sí, era un muchacho sólido, práctico, como ella había deseado que lo fuera el suyo...

¡Ay, jamás podría olvidarlo! El día en que Assunção, pálido y trémulo, le había confiado su decisión de hacerse sacerdote, le había levantado la mano, como cuando era niño y se veía obligada a corregirlo... Él le había presentado la mejilla, como Cristo; ella se había echado atrás, rompiendo en sollozos.

Le negó su consentimiento; ¡no quería! «El hombre no nace para el celibato, sino para la familia; ¡la misión enseñada por Dios es la de crecer y multiplicarse!», afirmaba.

Y luego, afligida:

—Pero ¿qué determinó semejante idea, hijo mío?

—La vocación...

—No... ¡No! ¡Has tenido algún disgusto!

—No tengo nada. Soy feliz...

«¡Me miente!», gemía siempre la madre por dentro, con los ojos clavados en el semblante impasible del hijo.

Él se volvía de piedra y era en vano cuanto ella se debatía esperando un milagro que nunca se produjo.

Tuvo que ceder, pero sin resignación..

Lo que le valía ahora era la pobreza. Comenzó a repartir sus migajas con los vecinos necesitados. Toda su actividad se daba al bien de los demás. Llevó a casa a dos niños huérfanos y se entretenía enseñándoles y vistiéndolos.

—Cuando muera —le decía al sacerdote— ¡cuidarás de ellos como si fueran tus hijos!

Así lo forzaba a la paternidad, obligándolo a amarlos, empujándolos hacia sus rodillas, contándole sus monerías, haciendo que lo adorasen.

Hasta encontraba en los niños rasgos de la familia. Assunção se dejaba asaltar y abría los brazos a los pequeños, pero su predilección no estaba allí. Se pasaba el día hablando de Gloria. Ella era su preocupación. ¡Una salvaje!

La madre no tenía celos. Sonreía. Si tuviera tres hijos, amaría a los tres, ¡pero en realidad se preocuparía más de la niña! Los de casa eran chiquillos, ambos de origen extranjero, huérfanos de italianos desconocidos. Gloria era la continuación de los dos seres que más se aferraban a su pasado, de Argemiro y de aquella dulce María, que lo había querido como una hermana.

Doña Sofía había encontrado la salvación en los pequeños a los que se dedicaba. Su espíritu carecía de sueños. El hijo había cortado de raíz todos los que florecían en ella hasta el día en que se hizo cura…

Con el transcurso del tiempo se había ido acostumbrando a la sotana del hijo, pero seguía frecuentando poco la iglesia, segura de que Dios la oiría igualmente desde su humilde rincón.

Assunção también había cambiado; había perdido el aire taciturno, poco a poco se interesaba por la vida.

Pero la salvación de doña Sofía eran los pequeñuelos, tan claritos y rubios como ella había soñado que serían los nietos. Uno comenzaba a hablar, el otro ya decía todo con una media lengua que era una música deliciosa. Ella, que tenía espíritu maternal y era, ante todo, amiga de la humanidad, se desvelaba por perfeccionar a aquellos dos seres caídos como una merced divina en sus brazos anhelantes.

Ya lo había decretado: el uno sería médico, el otro ingeniero; ¡y ambos harían obras de provecho y se casarían con mujeres bondadosas!

Assunção sonreía, animando la fantasía de su querida anciana. La experiencia de nada sirve a los porfiados, y ella era obstinada.

¿Acaso no lo había arrullado con las mismas esperanzas engañosas, certezas que no pasaron de esbozo en sus días de juventud?

Todavía a veces, interrumpiendo el silencio de la noche, doña Sofia suspiraba:

—Cuando recuerdo, hijo mío…

—No recuerde; ¡borre del recuerdo aquello que no le agrade! Así, soy más suyo…

—Eres de Dios. ¡Soy humana y amo a la humanidad por encima de todo! Pero no sé a qué fuente fuiste a buscar ese misticismo, que te ha aislado del mundo para el que te crie. Tu profesión me obliga a respetarte, a temerte casi… Hay ocasiones en que dejo de ver en ti a mi hijo, sujeto a mi autoridad, para observar únicamente al sacerdote, al juez que me ha de castigar o absolver…

Otras veces era él quien hablaba, consolándola:

—Su vida conyugal fue corta. Mi padre no le dejó sino la impresión de una felicidad abrumadora. Los matrimonios largos casi siempre hacen que se desvanezcan los encantos que juzgaríamos eternos. Así, vivo para un ideal que no me puede desilusionar… Además, créame: si no fuera sacerdote, seguiría igualmente soltero…

Su voz sonaba monótona, ahogada por un disgusto callado y secreto.

La madre fingía creer en aquella inspiración del cielo, descendida para contentar el alma silenciosa del hijo. El hecho estaba consumado, toda reacción sería una locura; intentaba resignarse. En vano. ¡La iglesia era su rival, le había quitado de los brazos al hijo, le había impuesto el sacrificio por norma y la soledad por deber!

¡Si aún tuviera un organismo de combatiente, de luchador! Si lo viera en el parlamento..., si lo leyese en los libros... Pero Assunção había adoptado la forma rústica y acomodada de capellán de pueblo, un alma simple en un cuerpo simple, un siervo humilde de los hombres y de Dios.

Por fortuna, era muy tolerante: a veces le parecía que el hijo había tomado las órdenes por comodidad egoísta, como un medio de escapar de la asiduidad de los hombres y de la solicitud de las mujeres... Era una manera de vivir en el mundo fuera del mundo, conforme a las exigencias de su neurastenia...

Pasado un largo período de abatimiento y taciturnidad, Assunção había recobrado la calma de otrora, y fue entonces cuando comenzó a interesarse por las lecturas portuguesas, a enriquecer su modesta biblioteca con libros clásicos y a cultivar un jardín en la falda del cerro, adonde se abría la puerta de su cuarto.

Argemiro había enviudado y era a la influencia de su compañía, mucho más asidua, a la que doña Sofía atribuía tal milagro.

Ahora revelaba una sola preocupación: ¡Gloria! La niña era su mayor desvelo. Se lamentaba de verla muy suelta, criada sin disciplina, como una pequeña salvaje. La abuela era una santa, decía, pero incompetente a la hora de dirigirla.

Después, la constante invocación que la baronesa hacía de la hija muerta había llegado a infundir en todos los de casa la ilusión de que aún existía, invisible, vigilando con añoranza a su huérfana...

Doña Sofía comentaba:

—Es una especie de locura que sufren ciertas mujeres, pero no me consta que ninguna haya llegado hasta tal punto. Los hijos únicos suponen un gran desequilibrio para los padres. Es una razón más para que te intereses por la pobrecita niña. Los muertos realmente se van deprisa... ¡siempre y cuando no dejen a la madre en el mundo! Intenta hacer razonar a la baronesa. Que se resigne a la idea de que, de la bella María, solo quedan los huesos...

—Tal afirmación no quedaría bien en mi boca...

—¿No estará en tu conciencia? ¡¿Sonríes?! Pues entonces, hijo mío, alimenta la hoguera en la que se consume la pobre señora. ¡Llévale leña y fósforos, no te asustes de verla arder! Si el alma existe, la de María cambiaría el cielo por estar junto a su hija... ¡Era excesiva! Y en ese caso, la baronesa tiene razón...

***

Assunção cuidaba el jardín. De rodillas en la tierra, podaba un «príncipe negro» cuando la madre subió acompañada de visitas: Alice y Gloria.

—¡Así es como me gusta verlo, de rodillas! —exclamó riendo doña Sofía, señalando al hijo, que levantó la vista sorprendido.

—¡Caramba!

—¡Hemos venido a visitar a doña Sofia! —exclamó Gloria. —¡Usted no se lo merece!... ¡Hace dos días que no va por casa! ¡La abuelita está enojada! Y, además, ¡papá se ha ido a São Paulo!

—¡¿Cómo?!

—Se ha ido, sí. ¡El mismo día en que bajamos de la finca recibió un telegrama! ¿No lo sabía?

—¡No!

Se produjo un intercambio involuntario de miradas entre Alice y Assunção. ¡Caray! ¡¿Acaso desconfiaba?!...

La joven se había vuelto a la terracita y miraba al mar, muy azul.

Assunção se disculpó, tenía las manos sucias de tierra. Corrió a lavárselas mientras doña Sofía mandaba traer sillas al jardín.

—Aquí siempre es más bonito que dentro. La casa de una vieja y un sacerdote no tiene alegría. Sentaos aquí, mirando al mar..., así. ¿La vista es bonita, verdad? Y entonces, señorita doña María da Gloria, ¿vas muy adelantada?

—¡Qué va!

—¡¿No?! Pues qué lástima, ¡te estás haciendo muy mayor! —Y volviéndose hacia Alice—: ¡Cómo crece esta niña! ¡Menuda diferencia veo! ¡Es igualita que el padre!

—Sí..., se parece —confirmó Alice.

Gloria no se quedó sentada, se levantó para revisar los parterres y unos cajoncitos que había fijados al muro. Las dos mujeres hablaban y parecían tan entretenidas la una con la otra que, cuando Assunção volvió del aseo, prefirió ir a avisar a Gloria de que no tocase los cajones, pues eran casas de abejas y las perturbaría.

—Ya me lo había figurado —respondió la niña—. Ayer precisamente doña Alice me explicó, en el jardín de casa, la vida de esos bichillos. Todo en el mundo tiene interés, ¿verdad? Abominaba de las abejas desde aquel día, ¿se acuerda?, en que me picó en el cuello una ¡así de grande! ¡Cómo me dolió! Pues ahora hasta me gustan las abejas… ¡El caso es que haya quien nos explique las cosas!

—¿Qué te contó doña Alice sobre ellas?

—Que las abejas frecuentan las flores para chuparles la miel y que transportan el polen de unas a otras y…

—¿Y también te explico qué era el polen?

—¡Desde luego! Con una flor en la mano. ¡Una azucena!

—¡Cuéntamelo todo!

—¡En una lección no se puede aprender mucho! Aun así entiendo bien las cosas con doña Alice, precisamente porque no enseña, conversa. Me habló de las abejas… Me habló de las mariposas, me contó historias que no sabía y que me gustaron… Prometió llevarme a Tijuca para ver unas mariposas azules muy grandes que hay allí… Pero la abuelita…, creo que no me dejará ir sola con ella… ¡Si viniera usted!

—Iré.

Gloria rompió a aplaudir con alegría, pero de pronto se puso seria, mirando un rosal completamente cubierto de flores.

—¿Quieres un ramo?

—No. La última vez que fuimos al cementerio encontramos varias rosas de esas en la tumba de mamá… ¡Fue usted! La abuelita pensó que había sido papá…

—Fue tu padre… Se las llevó de aquí… Pero no le digas nada, que no le gusta que se hable de ello. ¡Mira el mar!

—¡Su jardín es muy pequeñito!

—Es suficiente para mí… Mira ese ranúnculo…

Mientras Assunção enseñaba a Gloria sus flores, doña Sofía conversaba con Alice. Había mandado subir a los niños. La joven se subió uno al regazo al tiempo que enroscaba cariñosamente el cabello del otro.

¿Qué se decían? Menos de lo que se adivinaba. La simpatía había nacido enseguida entre las dos. Assunção posó un instante los ojos en ellas y luego los desvió más allá, hacia el infinito... Aquel había sido el sueño de su madre: una mujer joven a su lado, rodeada de niños hermosos...

La tarde moría ahogada en azul. En el cielo ya brillaba la media luna y una neblina plateada venía de la bahía, cubriendo el mar.

—Es tarde, Gloria...

—¡Adiós!

Esa noche, mientras tomaban el té, doña Sofía le dijo a su hijo:

—Aconséjale a Argemiro que se case con esa joven. Lo hará feliz.

Y luego, quedo y en un suspiro:

—Ya que no puede hacerte feliz a ti.

CAPÍTULO 17

L a playa de Botafogo estaba a rebosar; era día de regatas. Por todo el muelle, la gente se apiñaba mirando hacia el mar cuajado de barcas, palpitante de luz. En las gradas, al borde del agua, los atuendos claros de las jóvenes evocaban grandes flores variopintas, abiertas al sol, y en la calle, los coches y los tranvías atestados se arrastraban morosos entre la multitud. Pero la belleza era el mar, cuya superficie apenas arrugada, de un azul violento, se hallaba toda cubierta de escamitas de oro. Iban por la tercera carrera. Los botes, bien remados, buscaban las boyas en su ansia de victoria; otros, en reposo, se dejaban mecer por el agua, suavemente, mientras que en lo alto las gaviotas extendían las alas con toda tranquilidad.

—¡Qué muchachos tan hermosos! —observó Adolfo Caldas, mientras miraba con entusiasmo la tripulación de los botes.

Armindo Teles asintió con la cabeza y aspiró el habano con más fuerza y mayor satisfacción.

Caldas continuaba a media voz:

—¡Contempla esos bíceps y sonrójate! Hombre de ciudad, de maña política y levitas bien cortadas, ¿no te avergüenzas de tus brazos delante de esos?...

—Si discutiera a golpes...

—¡Cuanto más vigoroso es el brazo, más franca es la lengua!... Te lo digo por mí, porque mis gorduras se sienten humilladas, ofendidas, por esos músculos. Nuestra raza se salva. Tanto mejor para los padres de familia... Mira el modo enérgico y el buen ritmo con que los remos de esa embarcación golpean el agua...

Teles expulsó una bocanada de su aromático puro y respondió:

—Prefiero mirar hacia el pabellón y las gradas... Si los muchachos son fuertes, las mujeres son bonitas, y en todo momento y lugar guardo mi predilección para ellas. ¡Mmm! Esto está hoy de lo más chic... Si las galerías de la Cámara presentaran esta concurrencia..., ¡hablaría todos los días!...

—Mira que las mujeres aprecian más el músculo que el verbo... Préstame el binóculo. Están bailando en las barcas...

—Doña María Helena está en el pabellón... También están las Tavares... Chiquita Maia... La de Pedrosa y la hija. Debemos saludarlas.

—Luego... Déjame beber salud por los ojos. Y haz otro tanto, que ambos necesitamos lavar el alma...

—Acaba de llegar Joaninha Mendes...

—¿Y «ella»? —inquirió Adolfo sin desviar el binóculo de la barca en la que se bailaba.

—Aún no la he visto... ¡Pero tiene que llegar!

—¡Los rojos están tomando la delantera!

—No... Todavía van primero los azules...

—Esos demonios son fuertes... ¡Ahora!

—¡Bravo!

—¡Viva!

—¡Bravo! —gritaron numerosas voces al mismo tiempo, en una explosión de entusiasmo. Junto a ellos, un joven gordo berreaba, agitando el sombrero. Teles se sacudió la ceniza del puro de la solapa de la levita color avellana, donde sonreía graciosa una orquídea lila, y se volvió hacia el pabellón.

Sinhá se encontraba en el del jurado, con las mejillas encendidas y los ojos como brasas. A su lado, la madre comía bombones a mordisquitos y las Moreira, de Catete, agitaban los pañuelos con frenesí:

—¡Es el Boqueirão!

—¡Es el Flamengo!

—No...

—¡Sí!

—¡Bravo!

—¡Bravo!

Los nombres de los clubes volaban por el aire como gaviotas. Al cabo, uno de ellos ganó la carrera. Atacó la música y la embarcación vencedora se acercó a recibir las felicitaciones, y por todo el muelle estallaron los aplausos como una ola. Al pasar por delante del pabellón, Sinhá, toda encendida, roja como una rosa, arrojó un ramillete de violetas. Lo recogió en el aire un joven rubio, tocado por el sol, de sólida musculatura y ojos brillantes. Intercambiaron una sonrisa luminosa.

—¡La juventud!... ¡Ah, la juventud! Eso es... Un aroma que atraviesa el espacio... Un relámpago que ilumina la vida para dejar añoranzas... ¡Este sí! —comentaba Caldas para sí, acordándose de Argemiro, antes de concluir—: Ahora Sinhá sí que ha elegido bien... Es decir, no ha elegido, ha encontrado. ¡Eso es amor! —Y, dirigiéndose a Teles—: Ahora vamos a saludar a las señoras, con escala en el bufé. Estoy sediento.

El diputado se acariciaba el mentón desnudo con la mano regordeta, en la que refulgía un rubí. Sus ojos vivos, de pestañas cortas, penetraban entre cabezas y hombros en busca de alguien.

En el círculo comentaban la carrera. Los había descontentos; jóvenes indignadas, otras casi llorosas, muchachos resentidos. Habían perdido. Pero otras y otros gesticulaban con alegría por aquel triunfo, que confería una medalla más al club de su simpatía.

Se hablaba alto en las gradas. Los sonidos de la banda de marineros, con el «Torero» de *Carmen,* no permitían secretos.

En toda la línea del muelle, las sombrillas de colores variopintos recordaban una vegetación agitada de setas fantásticas, desde las pequeñitas de los niños que asistían a la fiesta sentados junto el paredón, con la mirada perpleja clavada en el cuadro polícromo, hasta las grandes, protectoras de viejos prudentes y amigos de la sombra.

Corría una brisa fuerte. Se agitaban en el aire los gallardetes vistosos y las cortinas del pabellón central, ¡como llamando la atención de todo el mundo para que pase por allí a disfrutar de aquel cuadro luminoso!

El diputado se impacientaba. Adolfo parecía pegado al bufé, comiendo sándwiches y bebiendo cerveza a sorbitos en medio de un grupo de remeros harto halagados por la admiración de los demás. Se intercambiaban brindis impacientes y, en su alegría, hasta un viejo pálido y enchisterado tarareaba *Carmen* acompañando los sonidos de la banda.

El intermedio se acababa. Se oyó el disparo de la señal de salida.

Se volvieron hacia el mar.

—¡Por allí viene! —exclamó Teles a media voz, sobresaltado.

—¡Un hibisco! —observó Adolfo, contemplando una embarcación que se aproximaba al muelle.

El hibisco era *madame* Senra, toda de escarlata, con las crenchas doradas brillando bajo las amapolas del sombrero. Agitaba la sombrilla colorada, sonriendo a Teles, quien se precipitó gozoso e inconveniente a recibirla al desembarcar, sin parar mientes en los bigotes retorcidos del señor Senra y en la escolta de jóvenes que la acompañaban.

Caldas imaginó:

«El granuja de Teles pasará una hora feliz, una hora ligera, ¡de las que solazan la vida! ¿Por qué será que las mujeres hermosas generalmente prefieren a los banales? Esta es guapa. ¡Una flor!... Cada vez que la veo siento que mis pensamientos se transforman en abejas... Ella misma debe de sentirse como rodeada por un zumbido de alas... Deleite de los ojos, tentados por su gracia... ¡No me importaría!... ¿Qué le dirá el idiota de Teles? Su excelencia logrará ahí lo que no consigue en la Cámara: ¿llegará hasta el final?... Pues está buena esta cerveza, voy a tomarme un vaso más... Tal vez llegue... Sí... Ella no es inflexible... ¡Una flor!».

En ese momento lo había visto la señora de Pedrosa. Lo saludaba desde lejos. ¡Qué fastidio! ¡Habría que ir a despedirse de ella!

«Buena falta hace el amor —seguía meditando Adolfo—; le quita a uno el interés por todo lo demás... ¡Es un abandono, una estupidez!».

A codazos con los concurrentes, salió del bufé y entró en el pabellón central al mismo tiempo que una cesta de flores y una bandeja de bombones.

—Entré en un buen momento... —concluyó para sí antes de ir a saludar a las damas.

Allí se repetía la escena:

—¡Bravo!

—¡Viva Icarahy!

—¡Viva... Vasco da Gama!

—¡Viva... Viva!

Volaban banderolas y gallardetes; otra barca llegó para pasear su triunfo, aproximándose al muelle donde la multitud aplaudía enfervorecida.

En la belleza del cielo, de un azul claro y límpido, los colores resaltaban magníficamente. Los perfiles de los cerros, rocosos los unos, verdeantes otros, se destacaban en toda su línea con detalles sorprendentes. En las gradas, las filas de mujeres eran como orlas de flores de tonos delicados que las olas hubieran depositado en la tierra maravillada.

—El deporte es el alma de Río —afirmaba la de Pedrosa a un amiga en el momento en que se acercó Adolfo—. ¡Mire qué entusiasmo! Decididamente ha venido a sustituir los bailes... Hoy se danza poco. El remo y el fútbol roban la pareja a las jóvenes... ¿No es cierto, doctor Caldas?

—Protestando contra el título, se lo confirmo, como no podría dejar de confirmar...

—¿Protesta por modestia?

—Por conciencia...

—Otros lo utilizan con menos derecho... Insistiré en llamarlo doctor... ¿Por qué no ha aparecido hasta ahora?

Caldas se excusó y, como los miembros del grupo se habían apretado aún más, se quedó con las señoras, envuelto en los perfumes de los hermosos vestidos que lo rodeaban. Sinhá, vuelta en todo momento hacia el mar, no perdía de vista un bote en el que un joven rubio se había condecorado con un ramito de violetas... La madre hablaba, hablaba sin parar, sembrando frases con su locuacidad animada e imperativa.

El marido no la había acompañado. ¡Cómo iba a tener tiempo de divertirse! Los elevados negocios del Estado lo asfixiaban; vivía envuelto en una red de conferencias, proyectos y estudios de responsabilidad. ¡Si todos tuvieran su sinceridad!

—Le harían justicia... —observaron.

—¡En efecto! Los sacrificios son de tal orden que no se traslucen por entero al exterior... ¡Un verdadero esclavo de sus ideas, mi marido! La política es déspota... Lo importante es no tener celos... Por lo demás, —concluyó, para decir algo con aire de adagio—: ¡En el amor, cuando los celos entran por la puerta, la confianza sale por la ventana! En todo caso —y subrayaba la frase con la mirada—, nunca he dejado de confiar en mi marido.

Cultivaba la ilusión, si es que ilusión era, como quien cultivaba una plantita poco común, de flores milagrosas. Y aseguraba:

—¡Ahí está el secreto de la felicidad femenina!

¡Las jóvenes ni la oían, inclinadas sobre las barandillas, a la espera!

Era el momento de la carrera del campeonato. Crecía el entusiasmo. ¿Quién ganaría la copa de oro?

Sonó el disparo, señal de la salida.

Susurraban las cortinas de encaje del pabellón y las franjas habladoras de las banderas al soplo salado de la brisa. Un rosario de cercetas se alzó en el aire por el susto. En las gradas, los abanicos y las cintas multicolores se agitaban en una palpitación violenta.

—¿Acepta este ramito de violetas, Sinhá? —dijo Caldas con malicia—. El suyo se ha caído al mar...

—Lo acepto, con la condición de poder darle el mismo destino que le he dado al otro...

Sinhá se volvió para tomar las flores de mano de Adolfo, para luego recorrer con la mirada el pabellón.

—¡Mire quién está ahí!... —le dijo a la madre en voz baja, señalando con los ojos cierto punto del muelle.

La madre siguió la dirección de su mirada, al igual que Adolfo, quien no se había perdido sus movimientos.

El padre Assunção estaba de pie y, pegado a su triste sotana negra, Gloria estiraba el cuello para ver bien el mar.

La de Pedrosa intercambió una mirada con la hija y le dio la espalda al sacerdote. Sinhá se demoró un poco contemplando con simpatía el perfil incorrecto de Gloria y su vestidito de dril blanco sin lazos. Luego se volvió hacia la bahía: la música había callado y las embarcaciones cortaban prestas el agua, custodiadas por lanchas y botes admirablemente tripulados.

«La madre no se ha olvidado..., pero la hija ya es indiferente a Argemiro... Nuevos amores...».

Y las lanchas ya chirriaban ensordecedoras cuando Adolfo metió los hombros por entre la multitud.

CAPÍTULO 18

Poco a poco, autorizada por la ausencia del yerno, la baronesa había tomado posesión de la casa.

El marido a veces intervenía, aconsejándole que dejara todas las decisiones en manos de la otra, a lo que esta respondía: ¡Como que habría valido la pena salir de la finca para ponerse bajo la tutela de la enemiga!

—No, querido, ten paciencia, estoy de centinela de la última voluntad de mi hija. Argemiro hizo un juramento: tendrá que cumplir lo que juró. Esta mujer es más peligrosa de lo que pensaba, porque también es hipócrita y con sus formas sabe conquistarlos a todos. ¡Menos a mí! Gloria le pertenece. ¡Ya me ha hecho llorar la hija de mi hija, por quien siempre he pasado tantos desvelos! Hasta parece que voy perdiendo su amor… ¿No ves sus ardides?

—No veo nada. La muchacha trata de ganarse la vida como puede. Lo que estás haciendo, cariño, no es digno de ti. Has inventado una pasión donde quizá no exista ni simpatía y vives debatiéndote entre fantasmas. La joven es fina; no es de esa estofa común de las gobernantas, eso está claro... Pero ¿cómo vas a saber tú, que has vivido sin necesidades, a qué sacrificios obliga la pobreza?

—¡No faltan oficios!

—Pero sobra competencia... ¡Yo sé cómo están las cosas por ahí! Mira, te voy a dar un ejemplo: el doctor Teobaldo Ribas, ¿te acuerdas de él? ¡Un ingeniero distinguido! Tiene un empleo de segundón en una empresa de obras; la familia vive en una casucha de puerta y ventana en Cidade Nova y uno puede imaginarse lo que pasará dentro, con ocho chiquillos débiles y una pareja sin recursos... Francamente, no sé cómo esta pobre muchacha no te conmueve. Con las fechorías que le has hecho, si fuera otra...

—Ya se habría ido. Es lo que yo digo. No tiene bríos. Pero yo ya he tomado partido; cueste lo que cueste y sea como fuere, he de ponerla en la calle.

—¡No lo hagas!

—¡Pues vaya! ¿Por qué no?

—¡No estás en tu casa!

—Estoy en casa de mi hija.

—¡Basta de una vez! Tu hija solo existe en tu imaginación. ¡Convéncete, por el amor de Dios! Este es un caso de obstinación incomprensible, en ti, que siempre has sido tan juiciosa. Sosiégate... y volvámonos a la finca. ¡Estoy de la ciudad hasta aquí! —exclamó, apuntándose a la calva.

—Volveremos...; tú tranquilo..., yo tampoco puedo más... Mi vida es un infierno... Todos olvidan, todos gozan, solo yo vivo encadenada al pasado, viendo una y otra vez la escena horrible de la muerte de María. Lo tengo aquí todo, todo, estampado en los ojos, enterrado en el pecho. ¡Mi vida se detuvo en aquella hora! No veo, no oigo, no sé de nada más. Los años y los meses han pasado en vano. Mi existencia es la existencia de mi hija. Su corazón se quedó dentro del mío. ¡Eso es lo que siento! ¡Lo defenderé hasta el último extremo! A veces también creo que es locura… Al principio, cuando Gloria era solo mía, sentía hasta cierta dulzura al convivir así con mi difunta… ¡Fíjate que ya no digo «nuestra»! Pero ahora, ahora que la enemiga, la intrusa, me roba también el amor de mi nieta, ¡siento en mi interior un clamor de llanto que no puedo sofocar por más que me esfuerce! Estoy abandonada.

—Gloria te adora como siempre…

—Me huye…, me esquiva…, considera mi compañía monótona… La otra le cuenta historias, le muestra grabados, se pasea con ella por las calles, incluso la he sorprendido saltando a la comba con la niña, ¡como si fueran compañeras de la misma edad! A los niños les gusta la alegría. ¡Es natural que mi Gloria la prefiera antes que a mí! Tengo celos de ella, sí, tengo muchos celos … Y aún quieres que la deje y me deje robar sin protestar. ¡Nunca!

—Consulta con un médico… Tu excitación es enfermiza…

—¡Ya estabas tardando! ¡Un médico y agua de azahar! Conque la otra también te ha conquistado. Si te manda bailar sobre la tumba de María… ¿bailarás?

—¡Quizá!

—¡Y todavía lo confiesas!

—Pero, mujer, ¡¿qué quieres que haga?! Me das lástima, pero no puedo darte la razón. Querías venir y vine. El sacrificio me consume. Haz lo que te parezca, siempre que volvamos rápido a la finca. Pero entiende que me lamente por la otra, como tú la llamas, y que la juzgue digna de mayores consideraciones. Ahora permíteme advertirte que Argemiro se ha cansado del destierro y regresa mañana.

—¿Te ha escrito?

—Telegrafió a doña Alice, pidiéndole que mandara a Feliciano a esperarlo a la estación central.

—¡Ya ves tú! Telegrafió a la otra, en lugar de a ti, como sería natural. ¿Lo quieres más claro?

—Yo aquí estoy invitado. Es ella quien pone y dispone.

—¡Es la señora de la casa!

—Tal cual.

—¿Y eso te parece tolerable?

—Perfectamente. Le pagan para eso.

—¿Cuándo llegará?…

—Mañana, ¡a las ocho de la mañana!…

—¿Y qué hora es?

—Las tres de la tarde.

—¡Qué poco tiempo!

—¿Te parece poco? Ten en cuenta que hace un mes y dos días que partió y, para quien conoce las costumbres de Argemiro, asombra tanta demora…

—Ha huido de nosotros…

—Ya lo he pensado…

—¡Y yo que lo amaba como a un hijo!

—Y todavía lo quieres bien.

—No…

—Te acuerdas de ser suegra cuando ya no lo eres…

—Sí.

—¡En vida de María tu yerno era un dios!

—Porque la hacía feliz. Pero ahora la ha traiciona- do. Bajemos. ¿Dónde estará metida Gloria? Mañana…;

Argemiro vuelve mañana... y yo he sido tan cobarde... ¡No sé qué me pasa cuando veo a esa mujer! Tan afectada. Y luego, bajo esa piel suave, tiene un alma de hierro. Es dura.

—A Argemiro no le va a gustar cuando se entere de que no la hemos admitido a nuestra mesa...

—¿Acaso compartía la de él?

—Es diferente.

—Vaya...

—Tampoco le agradará la exagerada confianza con que tratas a Feliciano...

—Es de la casa...

—Es un bellaco.

—¿También te desagrada?

—Completamente.

—Pobre muchacho... Ya quisiera Dios que la otra fuese tan sincera...

El barón se limitó a sonreír con desdén y tristeza.

Bajaron.

La baronesa exclamó:

—¡Feliciano! ¿Dónde está mi nieta?

—En la habitación de doña Alice...

—Ve a llamarla.

Y entonces, como para sí: «La casa no es tan pequeña; este diablo de chiquilla se mete en esa condenada habitación... ¡¿para qué?!».

El barón bajó al jardín, callado, sin ocultar su disgusto y un cierto miedo. Daba comienzo la escena...

Feliciano golpeaba con los nudillos la puerta de la gobernanta.

—¿Doña Gloria?

—¿Qué sucede? —respondió ella desde dentro.

—Su abuela la está llamando…

—Dile a la abuelita que ya voy. ¡Estoy dibujando!

Paseando por el comedor, la baronesa se exasperaba. Y como la niña no apareció enseguida, exclamó:

—¡Feliciano!

—¿Señora?…

—¿Y entonces?

El negro sonrió con malevolencia:

—Están charlando…

—¡Llama de nuevo! ¡Dile que venga ahora mismo! ¡Qué insolencia!

Feliciano volvió a llamar, tranquilamente, sin impaciencia.

—¿Doña Gloria?

—¡Ya voy! Dile a la abuelita que espere solo un poquitín…

¡Ya era demasiado! Aquello tenía que acabar. ¡Hasta la nieta le desobedecía! ¡Sí, señores! ¡La obra de la otra estaba culminada! Salvo el negro, todos conspiraban contra ella. Hasta el marido… ¡Hasta la hija de su hija!

A través de la puerta abierta de la salita veía en la pared de enfrente el retrato de la hija, muy descolorido, desvaneciéndose, rodeado por un marco de ébano.

«Mientras yo viva, amor mío, tu última voluntad será recordada… Yo no la he olvidado; ¡vivo solo para tu memoria!…», pensó la anciana. Y después, entre dientes:

—Parece que lo haga a propósito…, ¡pero conmigo no se juega!

Feliciano rondaba la escena, disimuladamente, sacando brillo con un paño de gamuza los objetos ya lustrosos. Había abierto la puerta de la sala, casi siempre cerrada, justo delante del retrato de la muerta, con toda la intención y, sin que lo pareciese, vigilaba todos los movimientos de la baronesa. Esta temblaba de rabia al no ver llegar a la niña.

—¡Habrase visto cosa semejante! ¡Hará falta mayor provocación! —Miró el reloj—: ¡Ya hace más de cinco minutos! Esto no puede seguir así… ¡Estará bonito!

E, imperativa, furiosamente:

—¡¿Feliciano?!

—¿Señora?

A pesar de su máscara de seriedad, se notaba que el negro estaba contentísimo por dentro.

—¡Dile a la señorita Gloria, de una vez por todas, que venga ya o que voy a traerla yo de las orejas!

Feliciano quiso prolongar aquella desesperación, por lo que demoró los movimientos, calculando el tiempo a fin de acumular aún más odio, pero la baronesa, impaciente, lo adelantó y enfiló el pasillo hasta la habitación de la gobernanta.

«¡Ahora sí!», pensó el negro, apoyándose en el umbral para ver mejor.

Gloria, ya de pie, ordenaba su carpeta de dibujos mientras Alice cosía cerca de la ventana, cuando la baronesa, empujando con fuerza la puerta de la habitación, apenas entreabierta, penetró en el aposento lívida de ira.

—¡Abuelita!

Alice se levantó, atónita.

—¡Venga, para fuera! ¿Es que no oíste? Ya hace tiempo que te mandé llamar; ¿así es como obedeces mis órdenes? ¡¿Quién manda aquí?! ¿Soy yo o es esa mujer? ¡Dime!

—Abuelita… Yo…

—¡Ni una excusa! ¡No quiero oír nada más! ¡Todo es mentira! ¡Venga, para fuera! Y no vuelvas a poner los pies en esta habitación.

—Abuelita…

—¡Que te calles! ¡Vamos!… ¡Vamos!

Y, por primera vez en su vida, la baronesa empujó con las manos cerradas, brutalmente, el cuerpo de la nieta.

—¡Sal de ahí! ¡Ya te lo he dicho! ¡Deprisa, antes de que pierda los nervios! ¡Fuera! ¡Que te están perdiendo las malas compañías!

Y, sin interrumpir el tono furioso, con los ojos enrojecidos y la papada trémula, se volvió hacia Alice:

—En cuanto a usted, no hace ninguna falta por aquí. Si hubiera sido otra, ya habría entendido que está de más. Yo me basto para hacerme cargo de la casa de mi hija. Vea cuánto se le debe y márchese hoy mismo.

Alice, con los ojos agrandados por el asombro y la lividez nerviosa de las mejillas, respondió, obligándose a no perder la calma:

—No conozco a su señora hija.

—¡Está de más!

—Considero que esta casa es de su yerno y solo él puede prescindir de mis servicios.

—¡Esto es un atrevimiento!

—Es una respuesta.

—¡Bien me decían que usted no era solo una criada, sino la amante de Argemiro!

—Le mintieron. No soy una cosa ni la otra.

—Si fuera otra, ¡no me haría falta decir tanto para que ya estuviera fuera! Veo que su compañía verdaderamente es perjudicial para mi nieta y no dudo en ponerla en la calle. ¡Fuera!

Alice no respondió, clavando los ojos en el rostro trastornado de la baronesa. Y luego, con rabia contenida:

—¿Y si no quiero?…

—Saldrá por la fuerza. ¡Además de todo, es usted cínica!

—Soy honesta. Estoy guardando un lugar que me han confiado y que defenderé hasta la muerte. Su yerno llega mañana. Me marcharé en cuanto él haya entrado en esta casa. ¡Antes, no! ¡No, no y no!

—¡Ah, maldita! ¡Acaso imagina que Argemiro la preferirá antes que a mí! —exclamó la baronesa con una carcajada insultante.

Alice se mordió las mejillas para no responder: le temblaba todo el cuerpo como en un acceso de fiebre.

Gloria había echado a correr al patio trasero. Era como si la casa se desmoronase sobre su cabeza. ¿Qué motivos tendría la abuela para querer tan mal a doña Alice? ¡¿Qué iba a pasar?! ¿A quién pedir auxilio?

La voz de la baronesa la perseguía. Sentía sobre los hombros el peso de sus manos irritadas. Quién se lo iba a decir... ¡¿Locura?! ¡¿Sería locura?! ¿Debía llorar por la abuela, por su razón perdida, o salvar a la joven, que se había quedado sola frente a ella? Pero ¿cómo salvarla si tenía miedo? Gloria se precipitó llorando en el jardín, con ansia de libertad y silencio. El abuelo, al verla, lo entendió todo y corrió a ampararla.

—¡¿Qué te pasa, mi amor?!

Animada por la presencia del anciano, la niña lo aferró con fuerza.

—Ven, abuelito... Corre... La abuelita es injusta... Es mala... Le está diciendo cosas terribles a doña Alice... No sé qué pasa... ¡La abuelita me ha pegado! Por el amor de Dios..., ¡rápido!

El abuelo se resistía, pero al oírle las palabras «la abuelita me ha pegado» se irguió estupefacto y miró de cerca los ojos de la nieta.

¡No! No mentía. Los alegres ojos de su María da Gloria rebosaban de lágrimas, en las que flotaban una gran decepción y un terrible dolor.

—¡Ay, si papá estuviera aquí!

El barón se apresuró, agarrado a la nieta, pero al acercarse a la habitación se detuvo. No debía entrar. La niña lo empujaba en vano, suplicándole que interviniese.

Él ya lo sabía. La mujer no cedería por nada en la vida. El mal estaba hecho, ¿para qué empezar de nuevo?

Al no lograr conmover a su abuelo, Gloria avanzaba hacia la habitación, enfrentándose a todo, cuando la baronesa salió, terca, con los labios apretados y pálidos, los ojos rodeados de un cerco oscuro. La niña retrocedió espantada. Su abuela nunca le había parecido tan alta.

—¿Qué estás haciendo aquí? ¡¿No te he dicho que no vuelvas a poner los pies en esta habitación?! —bramó al toparse con ella.

—Abuelita…

Pero la baronesa no quiso escucharla y, agarrándola de un brazo, se la llevó hecha una furia.

El marido, refugiado en el vano de una ventana, no la interrumpió, temiendo exacerbarla con sus ponderaciones. Pasado el sofoco del desahogo, su esposa se explicaría.

Se apiadaba del rumorcillo de llanto que ahora le parecía advertir en la habitación de doña Alice. «Las mujeres son terribles —pensaba el anciano—. Se devoran unas a otras como animales de distinta especie… Hasta la mía, que siempre ha sido incapaz de retorcerle el cuello a un pollo, ahora, después de vieja, se deleita torturando a una criatura semejante… Y, al final, pobre, quién sufre sino ella…, que no encuentra cura para su enfermedad… Y así llegamos al resultado que tanto ambicionaba y yo tanto temía... ¿Y ahora qué? ¿Qué le habrá dicho?...».

Y nunca su finca olorosa, sus suaves campos verdes, atravesados por los mangos y las aguas tranquilas, le habían provocado tanta añoranza. Las flores de su huerto, preparadas para la destilería, se estarían muriendo y su catálogo seguiría interrumpido, amarilleando en el fondo inerte de un cajón. Al contemplar las flores del yerno, veía las otras, las suyas: el ajenjo, las marcelas medicinales, el saúco vaporoso, las malvas benéficas, la hierbaluisa perfumada y otras mil, confundiéndose con los tonos azulados o verdosos de sus ramas bien alimentadas.

Miraba las rosas pensando en las amapolas cuando Feliciano le dijo por la espalda, con vocecilla murmurante:

—La señora baronesa lo está llamando...

El barón no quiso dirigir la vista al negro y subió a la pieza, ahogando un suspiro.

¿Qué más pasaría?

CAPÍTULO 19

—¡Assunção!

—Argemiro…

—Has hecho bien en venir a esperarme, ando loco por hablar contigo; ¿te dijeron en casa que llegaba hoy?

—Naturalmente… ¡No iba a adivinarlo!… Cuidado con la maleta… Pareces más delgado…

—Un poco…

—¿Has tenido buen viaje?

—Regular… ¿Cómo está mi gente? ¿Y tu madre?

—Dale la maleta al porteador… Hablaremos por el camino.

—Tienes razón; y tengo prisa por llegar a casa. Decididamente, detesto los hoteles. ¡Qué incomodidad! ¡Qué molestia! ¡Qué noche! Ay, Assunção, nunca mi rinconcito me ha parecido tan delicioso como durante esta ausencia. Debe de ser la vejez…, mis huesos no se hacen a otros colchones ni mi cabeza a almohadas que no sean las acostumbradas. ¿Te creerás que he sufrido de insomnio en São Paulo? ¡Y después nadie me daba noticias! Gloria me escribió dos cartitas; tú, ni una... ¡Ni una! ¡Increíble tu descuido! Mi suegro también me escribió, pero solo hablaba de la mujer y la nieta. Es verdad, Caldas también me escribió... Me hablaba de ti...

—¡Entonces, has recibido cartas de todos!...

Salían de la estación central. Argemiro detuvo un coche con un ademán.

—De todos..., pero incompletas... Solo tú podrías contarme todo; eres íntimo de mi casa, más íntimo que yo. ¡Entiendes que huyera!

—¡¿Por qué, hombre?!

—No sé por qué..., por miedo del alboroto, de las intrigas..., de no poder contener mi mal humor. Estaba irritado, molesto... Después me arrepentí. No tenía qué hacer; bostezaba por las calles..., el hotel me indisponía conmigo mismo. Soy como el caracol: no puedo salir de casa sin perder la vida... Créelo, ¡hasta el aroma de mi casa añoraba! Me parece increíble que a nadie con la vida bien organizada le guste viajar. Tú no has viajado nunca. ¡Es un fastidio! Pero ¡qué diablos, no me cuentas nada!

—No me das tiempo...

—Tienes razón, pero estoy hasta la coronilla. Apenas he hablado durante el viaje; estaba con la lengua torpe. Este cochero es un inútil..., ¡ni toca a los animales! ¿De qué te ríes? ¡Me muero por besar a mi hija! ¿Ha crecido mucho? ¿Has ido a casa todos los días? ¿Has estado siempre con todos?...

—Todos los días, no...; pero cuando voy, estoy con todos...

—¿Mi suegra todavía se quedará mucho aquí abajo?... Eso es lo que más me interesa saber.

—Lo ignoro… He frecuentado menos tu casa por temor a que los barones considerasen inoportuna mi asiduidad…

—¡Estás loco! ¡Sabes que te aprecian mucho! Bueno… y… no ha habido ninguna cuestión…

—Ten paciencia, escucha.

—¡Malo!

—Anoche recibí una carta de tu suegro pidiéndome que viniera a esperarte hoy a la estación central y te previniera de que doña Alice solo espera tu regreso para dejar la casa.

Argemiro no respondió enseguida y, con los ojos desmesuradamente abiertos, se volvió hacia el amigo, muy decepcionado.

—La noticia no es buena y créeme, Argemiro, que te la doy con pena. Pero ahora déjame decirte que una vez más has actuado sin pensar… No deberías haber salido de casa en esta situación, tanto más cuanto que ya te temías algún incidente desagradable…

—¡No lo consentiré! ¡Pues claro que no lo consentiré, y en esa casa mando yo! ¿Por qué va a salir doña Alice? ¿No lo sabes?… Me lo imagino: disputas…, pullas…; ¡tanto la han hostigado, tanto la han amargado, tanto la han atacado que ya no puede más! ¡Eso era lo que me temía allá lejos! Se diría que lo adivinaba. Un infierno. ¡Mira lo que me esperaba! ¿Y ahora qué? Dime: ¡¿y ahora qué?!

—Se busca otra…

—¡Estás loco! ¡Otra! Con qué facilidad se dicen necedades… No te crees ni tú lo que estás diciendo. Te conozco bien; sé cuál es tu opinión sobre ella… He sido un asno, un idiota; no debería haber consentido que mi suegra viniera a casa. Ha sido ella quien ha arruinado mi felicidad con sus bobadas de vieja estúpida. Bien lo has dicho, hice mal al huir. Huí por pusilánime…, por el eterno placer del sosiego y el bienestar.

¡Menudo bienestar el de los hoteles! Y ahora, ¿¿qué?! ¡Se busca otra! ¡Vaya con la respuesta! ¡Como si hubiera otra como esta!

—Tú ni la conoces…

—Nunca la he visto, pero la conozco, la he adivinado; he abstraído su personalidad. Ella es mi consuelo, mi seguridad, mi felicidad. Ahora explícamelo todo: ¿qué le han hecho?

—No lo sé, hijo mío, pero creo que nada. Tu suegro, temiendo tu decepción como si se tratara de una terrible catástrofe, me escribió ayer lo que ya te he contado. Mi sorpresa fue casi tanta como la tuya. Solo espero poder reconciliar a las intrigantes.

—Pues yo no… Se acabó. Vuelvo a la ignominia de Feliciano. No. A Feliciano lo saco hoy mismo a patadas. Pero… otra…, otra…, ¿dónde encontrarla? ¿Crees que hay por ahí muchas mujeres así, esperando mis órdenes? Estás plenamente convencido de lo contrario… Sé que la tienes en alta consideración… Ya la has defendido, delante de mí, cuando la acusan. En cuanto a mí, reconozco que terminé de conocerla durante esta ausencia… Por casualidad, el día de mi partida, recogí algunos libros esparcidos por las mesas y los metí en la maleta. Durante una de mis noches de insomnio en el hotel abrí uno de ellos y descubrí con asombro que pertenecía a doña Alice. Allí estaba su nombre, con una letra muy bonita, por cierto… Era un libro de poesía inglesa. Mi gobernanta lee versos; ¡y en inglés además! Lo hojeé con cierta curiosidad… Había versos subrayados, notas al margen… Ya sabes que de mi examen de inglés no me quedó nada… El libro no podía deleitarme; no obstante, no sé por qué, ¡era el único que me interesaba! Compré un diccionario y más o menos pude penetrar algo en el misterio… Entenderás que una cosa así no podía dejar de impresionarme…

—Doña Alice es inteligente…

—Mucho. Para estar seguro de ello no me hacían falta poesías inglesas; me bastaba el cambio radical de mi hija. ¡¿Acaso lo negarás?!

—No…

—¿Te acuerdas? ¡Gloria era terrible, intratable, tosca! ¿Y ahora? Es dócil, risueña, delicada. La abuela la estaba perdiendo con sus mimos y doña Alice la salvó. ¿Has reparado en la buena pronunciación en francés de mi hija? La víspera de mi partida me leyó unos ejercicios del método. Me quedé pasmado. ¡Un prodigio!… Por lo tanto, esta mujer, que enseña francés, lee versos ingleses, pinta acuarelas razonablemente bien e interpreta al piano piezas clásicas, como ya se las he oído sin que se diera cuenta…, es una muchacha de educación exquisita ¡y no me resigno a perderla por caprichos de terceros! ¡Mis flores! ¡¿Acaso tuve nunca, ni siquiera en tiempos de María, rosas como las que tengo ahora?! ¡¿Es o no es verdad que mi jardín es uno de los más hermosos del barrio?!

—Lo es…

—¿Y quién lo transformó? Ella. Incluso ahora, leyendo el libro de Shelley, sintiendo el perfume peculiar y que en pocos días ella extendió por toda mi casa, me he dado cuenta de que el alma de esa mujer es única y está volcada hacia todo lo que vuelve la vida agradable. Todavía no le he descubierto defecto alguno…

—Ha de tenerlos.

—Es humana… y, por lo tanto, quieres decir que si fuese perfecta sería un defecto… Tal vez sea fea… Ahora sí me gustaría imaginarla.

—¿En eso ocupabas tu tiempo?

—A veces; es natural: cuando leía su libro y, sobre todo, cuando sentía su aroma… Cualquier otro haría lo mismo…, ¿no crees?

—Quizá…

—Te estoy muy agradecido. Te aseguro que nunca me he visto tan halagado, tan contento con la vida, como en estos últimos tiempos. Era una atmósfera amorosa la que había en casa.

—No hay bien que siempre dure…

—¡Vaya con la noticia! ¡Y yo que me moría por sentir de nuevo su presencia!

Assunção sonrió.

—¡¿De qué te ríes?!

—De la cara que estás poniendo.

—Es sincera.

—Lo sé. Pero no desesperes… En realidad, tu gobernanta ha gobernado demasiado, pero estoy de acuerdo en que debes tratar de guardarla junto a tu hija; ¡y eso quizá no sea tan difícil como te parece!

—Es imposible.

—Intentémoslo…

—¿Cómo se produjo la ruptura?

—No lo sé. La carta de tu suegro es breve y lacónica. Iba a mostrártela, pero la olvidé en casa.

—Naturalmente, mi suegra la hostigó de tal manera que la pobre perdió la paciencia y se despidió. Guerras de mujeres. ¿Sabes de nada más indigno? Pinchazos de alfileres impregnados de veneno… ¡Ya lo sé yo! Ahora me arrepiento de haber venido en coche… Con el tranvía tendríamos más tiempo y hablaríamos mejor. ¡Menudo golpe! ¿Conoces nada más fastidioso que la vejez? ¡Hasta huele mal! ¿Y qué va a ser de Gloria?… ¿Pensará la abuela que le voy a entregar a la nieta? ¡Ni pensarlo! Es mía, de casa no vuelve a salir. Al final la perjudicada va a ser ella…, ¡pobre! Pero ¿con qué derecho han cometido mis suegros semejante bajeza? ¡No me cuentas nada!

—¡Hijo, yo ya te he dicho lo que tenía que decirte! Dentro de poco llegaremos a Laranjeiras; será el momento de hacer averiguaciones. Te recuerdo que la baronesa está enferma…, que es muy sensible y que toda su antipatía por doña Alice se debe a los celos…

—¡Bobadas!

—Bobadas o no. Cree que traicionaste la promesa que le hiciste a María…

—¡Aunque la hubiera traicionado! ¡No era motivo!…

—Son formas de pensar… Tu suegra se alzó en centinela de tu corazón, ya lo dijiste. No quiere dentro de él sino la imagen de su hija.

—Y no hay otra. Sabe de sobra que no conozco a esta mujer. Me harta tener que decir y oír lo mismo: ¡no la he visto nunca! ¡Nunca!

—Pero te gusta sentirla… Lo has dicho hace un momento. Te advertí del peligro, traté de alejarte… Conozco tu imaginación, pero fui tan débil que no conseguí lo que debería haber conseguido… Qué importa ya.

—En lugar de imaginación, mejor di egoísmo. Me aterra la idea de volver al desorden…, a los hurtos del negro…, a la negligencia de la casa, al despilfarro. Era un infierno. Eso es lo único que me molesta…, además del abandono de mi hija… No tendré más remedio que meterla en un colegio… Yo no tengo tiempo de ocuparme de tantas cosas y ya he abusado demasiado de tu amistad. Me siento desorientado… ¡A ver si me salvas! ¡Solo tú puedes hacerlo!

—En primer lugar, tan pronto como lleguemos sube a tu habitación so pretexto de descansar, bañarte y cambiarte de ropa. Entretanto, yo hablaré con doña Alice. Ella me dirá la verdad… Prepararé el terreno.

—¿Cuentas con que será sincera?

—Absolutamente. Es una mujer sencilla.

—Una virtud más… ¿Y luego? Es natural que mis suegros deseen hablar primero… En fin, ¡lo que sea sonará! ¡Qué pésima recepción!… ¡Maldita la hora en que me fui de casa!

—¡Estás trágico! ¡Quién iba a imaginar que un anuncio en el *Jornal do Comércio* te iba a traer tantas complicaciones! Lo que nos reímos de tu ocurrencia aquella noche en que nos comunicaste tu decisión. ¡Todo lo podríamos prever menos esto!

—¡Y aún negaréis la fuerza oculta que obliga al individuo a tomar, en ocasiones, las resoluciones más extravagantes! ¡Cuando recuerdo lo que os burlasteis en mi cara por haber puesto el anuncio! Yo mismo lo escribí sin esperanza, en un momento de enojo contra Feliciano. Todo me parecía mejor. Pero ¿quién podría creer que fuese tan bueno? Ahora me parece que mi mano, al escribir aquella solicitud de gobernanta en un anuncio, tirase del hilo del destino de esta mujer… ¿Te acuerdas? ¡No apareció nadie más! ¿Acaso solo ella lo leería?

—No. Yo también lo leí…, Caldas…, tu suegra…

—Ya estaban tardando las chanzas. No tienes derecho a reírte de un afligido. ¡Tengo hasta miedo de parecer grosero y de tratar mal a los ancianos!

—Ellos ni tendrán la culpa… Sí, es posible que doña Alice ya lo tuviera decidido. ¿Quién sabe? Tampoco hizo un pacto de por vida…

Argemiro se calló, mirando atónito al amigo. ¿Quién sabía? Luego respondió:

—Es una lástima que no puedas darme toda la información… Ella… ¿nunca te hizo confidencias… ¿No tendrá intención?…

—¿De qué?

—¡De casarse, por ejemplo! ¡Maldita sea!

—Debe de tenerla. Es joven... No lo sé. A mi madre le gustó...

—¡Ah! ¿Doña Sofía la ha conocido?

—Llevó a Gloria a visitarnos una tarde y, mientras yo le mostraba las flores y las vistas a tu hija, ella se entretuvo con mi madre.

—¿Y entonces qué te dijo doña Sofia?...

—Que aquella joven haría feliz al hombre que la desposara. Ya conoces la manía casamentera de mi madre. Como ella fue feliz, considera que la única felicidad perfecta en la tierra es la de la familia... ¡Cuántas veces la sorprendo con los ojos nublados mirando mi sotana de célibe! Entonces, ¿sabes qué hago para verla sonreír? Me subo al regazo a sus pequeñuelos, que son lindos y rollizos cual lechoncillos. Y la verdad es que yo también los quiero ya a los dos. Jorge se duerme por las noches en mis brazos; mientras mi madre cose, me lo subo a la mecedora hasta que lo veo dormidito. Al principio lo hacía por darle gusto a mi madre, pero hoy en día lo hago por mí. Es hermoso el sueño de una criatura... Y el bobito no se duerme hasta que le canto:

La señora Santa Ana
pasó por aquí...

»—Mi madre ha conseguido atarme a otros seres de futuro más prolongado... ¡No morirá con ella mi interés por la vida! Ya hemos llegado a tu puerta. Ahí tienes a tu hija en el jardín.

***

Después de besar a Gloria y estrechar la mano delgada y blanda del suegro, que bajó al patio delantero a recibirlo,

Argemiro subió a su habitación. La baronesa todavía descansaba: no la vio ni de paso.

Argemiro ascendió por la escalera de su habitación con las aletas de la nariz dilatadas, disfrutando del aroma sutil e inconfundible de su casa. En la salita, un ramillete de rosas La France y flores del árbol de Júpiter le presentó al espíritu la figura desconocida de Alice, que él sentía por fin en aquel orden y aquel olor que alegraban su hogar.

Feliciano fue a buscar la maleta al coche y no recibió respuesta al saludo que dio a su patrón. «El hombre viene enojado... —pensó—. ¡Qué dirá cuando se entere!».

Por primera vez, Argemiro trató de entrever al menos, a través de las venecianas de su cuarto, el perfil de su gobernanta. Se le había despertado la curiosidad por su persona. ¡Un deseo de acabar con la añoranza de una desconocida! Volvió a penetrar en la habitación. Sobre la mesita había una carta cerrada, con letra de mujer.

«¿Quién sabe si será su despedida?», pensó antes de abrirla con presteza. Leyó:

> *Amigo mío:*
> *Me han pedido en matrimonio y deseo presentarle*
> *a mi prometido. ¡Soy muy dichosa! Venga.*
>
> SINHÁ

Sinhá... El pabellón japonés... Se cerraba el telón sobre aquella fantasía, cuyo interés todo se había concentrado en el final. Se alegraba de la felicidad de la joven. Le llevaría un regalo que le sirviera de recuerdo, eternamente, en su hogar. Ella era feliz. Apenas comenzaba. ¿Y él? Él estaba en el final. Sin destino, hastiado, cansado... ¡y ansioso!

CAPÍTULO 20

—¡**F**eliciano! Dile a la señora doña Alice que deseo hablar con ella...

—Está en el comedor, con doña María da Gloria...

—Bueno, entonces, no la molestes; ya voy yo.

El barón desapareció detrás del yerno, escaleras arriba, y el padre Assunção enfiló el pasillo.

Gloria decoraba una cesta de flores y frutas, guiada por la gobernanta. Era para el centro de mesa del almuerzo. Assunção se detuvo a las puertas, oyéndolas sin que se percataran de su presencia:

— ... Presta atención al combinar los colores, Gloria, de modo que unas flores hagan destacar las otras... Por ejemplo, siempre que tengas flores oscuras, como estas violetas, ponlas al lado de otras blancas o amarillas... Refresca el musgo con agua todos los días... No consientas que falte nada en la mesa de tu padre... Ya estás hecha una mujercita... Hoy, por ejemplo, ofrécete a pelarle una naranja y procura servirlo así todos los días... No...; esa manzana no queda bien ahí... Fíjate en que es del mismo color que el melocotón... Mejor ponla aquí, entre esta capa de musgo...

Assunção las interrumpió:

—Doña Alice...

Esta se volvió. Estaba pálida, con huellas de llanto en los ojos.

Gloria exclamó:

—¡Ay, padre Assunção! Estoy muy triste.

—Ya lo sé; ve a jugar un poco, hija mía; necesito hablar con tu maestra...

—No soy maestra...

—¡Acabo de asistir ahora mismo a parte de una lección!...

—Son solo consejos...

Gloria, entretanto, susurraba al oído del padrino:

—Haga que se quede en casa, ¿vale?

Y salió corriendo.

—¿Sabe lo que me ha pedido Gloria?

—Me lo imagino...

—Ayer recibí una carta del barón en la que me decía que quiere usted dejar esta casa...

—Me han despedido.

—¡¿Cómo?!

—Me han despedido.

Assunção se quedó estupefacto delante de la joven.

—No se extrañe; mis servicios ya no son necesarios, aquí estoy de más.

—Pero...

—Presentí en usted un amigo, y sé que me defenderá más tarde. ¡Eso ya es una recompensa! Dentro de dos horas saldré de esta casa... —La voz le tembló y un rubor le cubrió las mejillas antes de concluir—: En cuanto haya hecho las cuentas con el doctor Argemiro...

—Suponía que la decisión había sido suya; por eso la he buscado la primera, con el deseo de convencerla para que cambiase de idea...

—Se ha equivocado... Me pusieron en la calle y, si no fuera valiente, habría abandonado ayer mismo mi puesto. No quiero que sepa por mi boca lo que sucedió. Otros se lo dirán. Solo le pido una cosa: que afirme que soy una muchacha absolutamente honesta si oyese cualquier alusión que me desaire...

—No oiré tal cosa; todos aquí la tienen en consideración, y yo sé bien quién es usted. He estado en su casa.

—¡Usted!

—Pero no se lo he contado a nadie. Tranquila. Permítame que la deje para ir a hablar con la baronesa. Veo que era a ella a quien tendría que haberme dirigido en primer lugar... En cualquier caso, prométame que no se irá sin haber hablado con Argemiro.

—Ese es el único motivo por el que sigo esperando.

Assunção la contempló. Ella volvió a cerrarse como un lacre.

—¿Qué piensa decirle?

—Voy a presentarle las cuentas. Tengo todo en orden. Es cuestión de veinte minutos...

«En un minuto se dicen más de cien palabras —pensó el sacerdote—; ¡tendrán tiempo de hablar!...».

Feliciano entraba y salía, removiendo los cubiertos, abriendo y cerrando cajones con cautela.

Sintiendo pasos en la escalera, Alice huyó hacia el interior. El sacerdote se dio la vuelta. Era el barón. El anciano se acercó:

—Entonces..., ¿cómo ha recibido la noticia Argemiro?

—Mal...

—Mmm... ¡Fue cosa del diablo!...

—¿Y la señora baronesa?...

—Oh, ya sabes que mi mujer no soporta a la otra. Es una enfermedad. Una enfermedad que ni los médicos ni los sacerdotes curan... He agotado todos los argumentos a favor de esta pobre muchacha; al cabo he entendido que lo mejor era dejar correr el agua al capricho de la corriente. En ocasiones, los hechos crudos resuelven las cuestiones delicadas mejor que las palabras dulces. Además, esta situación es intolerable y no podía seguir así, so pena de ver a mi mujer en el hospicio o en la tumba... Sacrificio por sacrificio, más vale el de la joven... En la propia juventud tendrá consuelo para sus penas... si es que ese nombre merece el sinsabor del desempleo. Al fin y al cabo, tampoco es cuestión de exagerar los hechos. Casas no faltan para este tipo de servicio. Más lo siento por Argemiro, que volverá a las molestias de antaño en cuanto regresemos a la finca... Mira a ver si conoces a alguien en condiciones de sustituir a esta chiquilla... Quizá doña Sofía pueda indicarte.

—Doña Alice es insustituible.

—¡Vaya, vaya! ¡Tú también!

—Yo, más que nadie, puedo afirmarlo. Como ya sabe, Argemiro me pidió que me informara sobre la gobernanta en cuanto decidió confiarle a su hija... A mí me bastaba verla y escucharla para darme cuenta de que nuestra Gloria estaba en buenas manos..., pero la misión era tan delicada que insistí en llevarla a cabo hasta las últimas consecuencias, más para defender a la pobre joven de estos ataques previsibles que por desconfiar de ella. La casualidad me ayudó. Un amigo de mi padre, el coronel Barredo, cuya especialidad es saberse la crónica de medio mundo, vino a mi encuentro y, habiéndome visto conversar con ella, empezó a hablar al respecto, ahorrándome el trabajo de pesquisa, para el que carecía de actitud...

—El resultado sería dudoso...

—Fue irrefutable. Barredo estaba al tanto de todo, ¡conocía hasta la fórmula del contrato entre Argemiro y doña Alice! Es de esos hombres extraordinarios cuya vista atraviesa paredes y desvela misterios... ¡Aún no sabemos lo que sucede en nuestro interior y ellos ya son dueños de nuestro secreto!

—Las referencias que te dio entonces fueron...

—Magníficas. Ahora tendré oportunidad de repetirlas delante de la señora baronesa.

—¡Por el amor de Dios, no pretendas una reconciliación! ¡Empezaríamos de nuevo!

—No se tratará sino de una reparación. Ustedes siempre han sido justos y amigos de hacer el bien.

—La caridad bien entendida empieza por uno mismo...

—¡Esto no es cuestión de caridad, sino de justicia!

—¡Se diría que estamos discutiendo la salida de un ministro del Estado!...

—Esta mujer es más sensible y merece mayor estima.

—En fin, lo hecho, hecho está. ¡Digo yo que no es cuestión de pedirle ahora a la muchacha que se quede, por el amor de Dios! Ya hice bastante dirigiéndome a ella y pidiéndole disculpas por la forma en que mi mujer la despidió...

—¡Ah! ¿Y qué respondió ella?

—Balbució alguna cosa, se puso colorada, y creo que yo también lo estaba, ¡y me volví a mi cuarto maldiciendo a las mujeres! ¡Ay!, Assunção, me muero por mis mangos y por la tranquilidad de mi casa. Ya pasé la edad de las fantasías, pero no puedo dejar de lamentarme por mi mujer. Está enferma, se levanta de noche, no duerme sin el retrato de María bajo la almohada… Es su fanatismo. ¡Su religión! El amor de madre la ha enloquecido. ¡Qué sufrimiento! A mí ya me quiere mal por defender a Argemiro cuando alude la probabilidad de otros amores. Para que veas…

Assunção no respondió; miraba maquinalmente al jardín bien cortado, fresco del riego e iluminado por el fulgor del hibisco rojo y los racimos lila de la machiguá. Aquí y allá, rosales de calidad curvaban los tallos blandos al peso de grandes rosas perfumadas. Bajo la ventana, en un heliotropo florido, revoloteaban mariposillas blancas…

El barón interrogó al cura sobre el último hecho político. Assunção apenas respondió. No entendía gran cosa de aquello, a pesar de los esfuerzos de la madre por interesarlo por la vida… La ambición personal de los hombres le irritaba los nervios…

Feliciano pasó silbando ante la puerta de la habitación de Alice. Daba salida así a la alegría que le alborozaba el alma, aunque se contuvo antes de entrar en la sala, donde lo esperaba la mirada censora del sacerdote.

Poco le importó. Alma de negro no es alma de perro. Por el contrario, ¡iban a ver quién mandaba allí!

***

Cuando Argemiro descendió a almorzar, le advirtieron que su suegra lo esperaba en la sala de visitas. La conversación precisaba de discreción, por lo que enseguida imaginó de qué se trataba. ¡Iba a ser bonita la historia! ¿Dónde se habría metido Alice? ¡De pronto le entraba una curiosidad insana por verla!

En la sala se encontraban los suegros y Assunção, con un aire de solemnidad que lo desorientó.

La baronesa derramaba por el sofá los pliegues de su falda, delante del retrato de la hija, colgado sobre un gueridón entre dos grandes jarrones llenos de rosas blancas. «Solo faltan las velas…», pensó Argemiro al posar la vista en aquella suerte de oratorio.

La suegra, enflaquecida y pálida, lo llamó a su lado e incluso antes de saludarlo le dijo:

—Hijo mío, de acuerdo con la última voluntad de esa que está ahí, ayer despedí a tu gobernanta. Sé que te doy un disgusto y lo lamento, ¡pero mi conciencia me imponía este acto de salvación para tu alma y de paz para el espíritu amoroso de nuestra pobre María!

—¡No lo entiendo…, mamá!

—¡Argemiro! Mi convivencia en esta casa con esa mujer me ha demostrado que mis sospechas tenían fundamento. Ella te ama.

Argemiro no contuvo un ademán de sorpresa:

—¡Eso es imposible!

—Antes tenía la intuición; después tuve las pruebas, la plena certeza. La he encontrado muchas veces aquí, mirando tu retrato; veo la ternura con que estrecha en sus brazos a tu hija, el desvelo exagerado con que trata todo lo que concierne a tu persona y cómo se ruboriza al pronunciar tu nombre. Te digo que te ama. Jamás me equivoqué. Segura de esta verdad, decidí despedirla antes de que llegases, cosa de la que no me arrepiento, porque ya era hora de acabar con esta comedia, que mi nieta no puede presenciar.

—¡Señora mía!

—¡Ah! ¡Ya no me llamas madre!… Era de esperar… ¡En fin! Te pido disculpas si te he ofendido.

—Hablemos con calma. No sé en qué idioma he de decirlo para hacerme entender: ni siquiera sé el color de ojos de esa señorita, cuyas facciones ignoro y cuya voz apenas he oído en la distancia. ¿Es guapa o fea? ¡Qué me importa! Nunca la he visto. No quiero verla. Para mí no es una mujer, es solo un alma que me llena la casa de perfumes, de confort, de dulzura, como nunca los he tenido en mi vida.

—¡¿Ni en tiempos de María?! ¡Lo que me faltaba por oír!

—¡Pero no hablemos del pasado, por el amor de Dios!

—¿Cómo no, si estás sujeto a él por un juramento? ¡¿Niegas haber jurado a mi hija, en la hora de su muerte, fidelidad eterna?!

—Aún no he dejado de cumplir esa promesa; pero no tendría escrúpulos en hacerlo si las condiciones de mi vida lo exigieran. Ese juramento fue sincero, pero hasta carente de sinceridad lo habría prestado en aquel trance para endulzar el tránsito de mi mujer…

—¡¿Quieres decir que romperás tal juramento…?!

—Sin escrúpulos, ya se lo he dicho.

—¡La religión te prohíbe hacerlo!

—No soy religioso.

—¡Ah! ¿Veis? ¡Él también la ama! ¡Mi pobre hija! ¡Mi pobre hija!

La baronesa estaba trémula, amenazante. Había aumentado de estatura, por sus ojos pasaban fulgores de juventud y de odio.

—Ya que la religión no te impone el cumplimiento del deber, apelo al menos a tu honor. ¡¿Tampoco lo tendrás?!

—Mi honor me obliga antes a defender a esta pobre muchacha calumniada que a mantener un voto que ya tuvo su efecto y del que en esta hora me libero.

La baronesa retrocedió despavorida, con los ojos aterrados. El marido se eclipsaba, encogiéndose todo él hacia dentro. La anciana, afligida, se volvió hacia Assunção, como pidiéndole socorro. ¿Sería posible que él, sacerdote, testigo de todo, no viniera en su auxilio?

Él la comprendió y la compasión lo inundó al tiempo que decía:

—Argemiro tiene razón; su honor lo obliga a defender a esa joven, mucho más digna de consideración que de desconfianza. Fue por pasiones aún terrenales por lo que su hija exigió al marido aquella promesa. Desprendida del mundo, su alma se tornó toda tolerancia y dulzura, y sería ofenderla imaginar que los sacrificios de aquellos a quienes amó le sean gratos…

—¡Sacrificios!

—Por el contrario, en el cielo su gozo solo será completo si en la tierra ve felices a aquellos que la lloraron. Creo, amiga mía, que la persona a quien usted condena con tanta injusticia es de una perfección moral difícil de alcanzar. Yo respondo por ella como si fuera mi hermana.

—¡La detesto!

—Algún día la estimará.

—¡Nunca!

—Bastará con que le cuente lo siguiente.

La baronesa se abandonaba, con desaliento, sintiéndose completamente sola. Los otros esperaban, mirando a Assunção. Este comenzó así:

—Esta joven, a la que todos recibimos con cierta malevolencia de la que yo no estuve exento, ejerce el cargo de gobernanta de esta casa para mantener a una anciana paralítica y a un anciano ciego, verdaderas ruinas humanas, a quienes visita piadosamente todos los jueves y de quienes es amparo. Hija única de un abogado brasileño, Constantino Galba, y nieta por parte de madre del general Vitalino Ortiz, cuando perdió a esta la enviaron a educarse a uno de los mejores colegios de Francia, donde vivió hasta que, quedando reducida casi a la miseria tras la muerte del padre, volvió a Brasil. Aquí, por toda familia se vio entre dos criados, una anciana que había sido aya del padre y su marido, antiguo camarada del abuelo. No tenía bienes sino una vieja casucha en la que acomodó a la pareja de amigos postreros. Los tres encararon la vida con ánimo. El hombre todavía trabajaba y vivieron casi siete años de los réditos de ese trabajo y de otros, inciertos, de doña Alice: costura, pintura, bordados… Hasta que llegó un día en que el anciano tuvo que dejarlo. Se había quedado ciego. Había trabajado demasiado. Con el disgusto y otras fatigas de la edad, la mujer se le queda paralítica; y he ahí a nuestra doña Alice entre esos dos seres de redoblado peso. Redobló también ella la actividad en los trabajos manuales… Se ofreció a dar clases…, pero no le salían discípulos; los trabajos, mal remunerados, no saciaban el hambre de los ancianos… Fue en ese momento cuando apareció en el *Jornal do Comércio* un anuncio ofreciendo un buen salario a una señora que gobernase la casa de un viudo. Ella no dudó. Los ancianos tendrían pan; ella, un poco más de descanso… La hija del abogado, la nieta del general, se sometió a este empleo para saciar el hambre de sus criados.

La baronesa miraba, interrogante, a Assunção. ¿Sería cierto todo aquello?...

Él proseguía:

—La pobreza apuró las dotes naturales de la criatura; trajo a este lugar la experiencia del sacrificio... Escuchen ahora: cuando lleva dinero a casa, el anciano, celoso, le palpa el cuello, las muñecas, los dedos, para ver si lleva joyas... ¡A la anciana todo le parece poco! Él le predica moralidad..., desconfía...; la otra se queja de necesidades... Doña Alice tranquiliza al uno, promete a la otra y luego regresa a los sarcasmos de esta situación y a los pequeños desprecios de Feliciano. ¡Señora baronesa! Esto que le digo es la verdad. Yo lo he visto.

La baronesa ni pestañeaba. Se le había demudado el color de las mejillas. Estaba lívida.

Argemiro se inclinó hacia el amigo:

—¿Lo has visto?

—¡Sí! Un día me llamaron para llevar auxilio espiritual a un enfermo. Era la paralítica. Junto a su silla de ruedas, el marido me contó toda la historia de doña Alice. Me conocían de oídas y preferían que fuera yo antes que algún otro cura, ¡precisamente para hablarme de ella y pedirme que la protegiera! El anciano tenía miedo: conocía las tentaciones del mundo y la debilidad de las mujeres... Quería oír de mi boca palabras que lo tranquilizaran. Lo tranquilicé. Al día siguiente volví para saber de la paralítica; había mejorado. Allí estaba cuando, al sentir los pasos de doña Alice, los ancianos me suplicaron que me ocultase. La muchacha se disgustaría si me veía allí, por lo que me escondí. Y fue desde mi escondrijo desde donde vi la escena de humillaciones que les he referido. Al viejo no le habían bastado mis afirmaciones; palpó con nerviosismo los dedos, las muñecas, las orejas de la joven en busca de una alhaja que la comprometiera... La paralítica le pidió golosinas. Todo le sentaba mal. Moría de debilidad... Ahora, señora baronesa, creo que no hace falta añadir nada más.

El barón se levantó:

—Luiza, ¿no crees que debemos pedir perdón a esa señorita?

Pero la mujer no respondió. Parecía petrificada en el sitio, con los ojos clavados en el retrato mudo de la hija.

CAPÍTULO 21

Había llegado el momento de rendir cuentas. Argemiro escribía en la mesa del despacho cuando Alice entró en la pieza. Al igual que la primera vez que hablaron, se había situado contra la claridad, encogida en su vestido de lana barata, oscura, y con el velo bajado hasta la barbilla.

Estaba lista para marcharse; esperaba órdenes...

Argemiro removió los papeles. Abrió un cuadernillo con los asientos del mes, que ella le había entregado sumado y con saldo. Sin saber por qué, se sentía avergonzado, e invitó a la joven a sentarse con cierta timidez.

—Estoy bien...

—No; siéntese.

—Gracias...

Parecía querer quedarse de pie, ¡lista para huir!

Él titubeó:

—Entonces…

Era evidente que no sabía cómo empezar.

De repente:

—¡Sus cuadernos están en un orden admirable! Realmente nunca imaginé que una mujer entendiese tanto de cuentas… ¡Es usted toda una contable! No obstante…, me parece haber encontrado un pequeño error…

Alice se acercó, con un leve estremecimiento por el susto.

Él, indicándole una silla, a su lado:

—Tenga la bondad de hacer la suma…

Le ofreció la pluma, que ella misma mojó en el tintero.

Estaban solos. La casa en silencio.

Alice se sentó con curiosidad afligida y, levantándose el velo, bajó los ojos al cuaderno para volver a sumar las cantidades indicadas. Mientras tanto, Argemiro la contemplaba por primera vez. Era más bella de lo que pensaba; tenía la piel suave, los ojos de pestañas densas y el cabello oscuro y abundante…

La mano esbelta, blanca, se movía sobre el papel con un ligero temblor nervioso.

«Fui un estúpido —pensaba Argemiro—; debería haber anticipado este instante. ¡Es deliciosa!». Y aspiraba con deleite el aroma que de ella provenía, aquel olor de salvia, de malva o flor de fruta y que ya constituía para él una necesidad.

Alice se sonrojaba intensamente. ¡No daba con el error!

—No lo encuentro… —confesó al fin.

—Sin embargo, no es pequeño…

Alice levantó los ojos espantados hacia Argemiro; él los miró con ternura. Ambos se habían estremecido.

Ella volvió a bajar la vista al cuaderno. Letras y cifras danzaban, aturdiéndola. Argemiro reparó en su conmoción. ¡Bien había dicho la suegra! Entonces, con alegría:

—¿Quiere que le indique yo el equívoco?

—Si me hace el favor...

—¡Está aquí! —Argemiro señaló la cantidad que representaba el salario de la joven, apresurándose a añadir—: Ha reducido usted esta cantidad...

—¡Fue la que acordamos!...

—Acordamos el doble.

—Le digo que no.

—Le debo mucho...

—No me debe nada.

—¿La he ofendido?

—No...

De nuevo estaba encallado. Ni atrás ni adelante; sin saber qué decir, con los ojos clavados en su rostro, que ya volvía a ocultarse bajo el velito bordado.

—¡Doña Alice!

La joven le respondió con una mirada tímida.

Él se calló. ¡Le parecía imposible tamaña estupidez!

—Entonces se va ya...

—Es necesario.

—Si Gloria le pidiese quedarse... Ella es tan amiga suya...

—Ni siquiera así...

Argemiro se levantó y dijo con voz grave y resuelta:

—Tiene razón. Su lugar no está aquí, ahora que la he visto y la conozco. Solo le pido una cosa: que consienta en que vaya mañana a su casa, en compañía de mi hija... para pedirle perdón...

Alice esbozó un ademán de protesta. Temía llorar si hablaba.

Él se acercó y ambos quedaron callados, adivinándose a través del silencio, hasta que María da Gloria gritó desde la puerta:

—¡Doña Alice! ¡Feliciano ya se ha llevado su maleta!

***

Dos meses después, una bella mañana, los barones asistieron al enlace de Argemiro y Alice, celebrado por Assunção y con Adolfo Caldas, Teles y doña Sofía como testigos.

La ceremonia fue sencilla y sin lágrimas. La baronesa se contuvo. Sumamente pálida entre las sedas negras del vestido, había adquirido por medio del esfuerzo enérgico de su voluntad una rigidez de estatua. Ni un músculo de las mejillas le temblaba. Con las manos apoyadas en los hombros de la nieta, parecía contemplarlo todo desde lo alto de una torre, imperturbable.

Por la tarde, Assunção fue a visitarla. Habían vuelto a la finca de las afueras. Gloria corrió a recibirlo al portón. Se había decidido que la niña viviera unos meses allí para consolar a la abuela. ¡Ahora todo le parecía tan hermoso! El abuelo andaba por el huerto comprobando el estado de sus plantas, ¡alegre como un patito en el agua! Ella estaba recogiendo mangos maduros…

Assunção le acarició la cabeza y entró solo en la salita de la baronesa. La anciana se hallaba en su rinconcito de costumbre, febril, con el cuerpo encorvado, alicaído, los ojos enrojecidos entre los párpados hinchados. Al verlo, lo llamó a su lado y, tomándole las manos, sollozó una queja:

—Mi hija hoy ha vuelto a morirse, Assunção; ahora está solo conmigo, y yo voy perdiendo las fuerzas para llorar…

—No la llorará sola... —murmuró casi en secreto, ruborizándose.

La anciana se volvió y lo contempló con una mezcla de esperanza y asombro.

—¿Tú?...

Él se miró la sotana en silencio, como para explicarlo todo.

Ella, transfigurada, en un movimiento inconsciente, alegre, lo estrechó entre sus brazos y exclamó:

—¡Hijo mío!

Descarga la guía de lectura gratuita de este libro en:

https://librosdeseda.com/